通州事件

目撃者の証言

藤岡 信勝 編著

はじめに

通州事件の蛮行を目撃した日本人女性の証言記録

戦後の日本では、通州事件は長い間隠蔽され、忘れ去られた出来事となってきた。

一方、アジアを侵略した日本軍は「南京大虐殺」などの蛮行をおこなったというストーリーが長い間語られてきた。

だが、最近は、中国こそが日本人に対して残虐な仕打ちをしたのであり、「南京大虐殺」はつくられた戦時プロパガンダに過ぎなかったという、ことの真相が次第に明らかになってきた。

そうした中で、通州事件は教科書にも登場するようになった。

【北京東方の通州には親日政権がつくられていたが、「1937年」7月29日、日本の駐屯軍不在の間に、その政権の中国人部隊は、日本人居住区を襲い、日本人居留民385人のうち、223人が惨殺された（通州事件）】（自由社『新しい歴史教科書』）

しかし、その「惨殺」がどのように行われたのか、詳細な事実は殆ど知らされてこなかった。

その理由は、犠牲者はなくなっていて口をきくことができないし、脱出者は支那人の凶行の現場を見ていないからである。

ところが、ここに一人の日本人女性がいて、支那人の男性と結婚し、中国人を装って通州に暮らしていた。そして、丁度通州事件がおこったとき、彼女は支那人の群衆に紛れて、支那人として夫の肩越しに、そこで展開された蛮行の一部始終を見ていたのである。

一人の老婆は「かたきをとって」と言い、「なんまんだぶ」と一声、念仏をとなえて息をひきとった。

老婆のいまわの念仏が心から離れなかった女性は、帰国後、西本願寺の別府別院に通い、そこで佐賀県因通寺（いんつうじ）の住職、故調寛雅（しらべかんが）師と出会った。そして、五十年間秘密にしてきた体験を語り出した。

本書は、その目撃証言の全文である。

私は老婆の念仏が女性をして御仏の前に進ませ、故調寛雅師との出会いを導き、私がその記録に感動して今、それを皆さんに伝えようとしているのだ、と思っている。

本書を手にするあなたも、その、人と人との不思議な巡り合わせの連鎖の中にある。

老婆の一念が通じたのではなかろうか。

二〇一六年七月

編著者　藤岡信勝

通州事件
目撃者の証言

目次

二、通州事件の惨劇
――日本人皆殺しの地獄絵――

三、通州事件の目撃者　佐々木テンさんの証言……53

一、通州事件の真相を伝える後世日本人への贈り物

――調寛雅著『天皇さまが泣いてござった』と佐々木テン証言の意義――

藤岡 信勝

一冊の本との出合い

五年ほど前のことです。

ある集会で知り合いの方に勧められて、Ａ５サイズの一冊の本を購入しました。紫色の表紙に菊のご紋章があしらわれ、『天皇さまが泣いてござった』という不思議なタイトルがついています。著者については、「しらべ　かんが著」とあります。これもちょっと謎めいた語感の、不思議なお名前です。

本のうしろの奥付を見ると、著者のところに漢字で「調　寛雅」と書いてあります。著者は、調(しらべ)さんとおっしゃる方なのだろうと思いました。のちに、調さんは佐賀県にある姓だと知りました。

発行は平成九年（一九九七年）の十一月です。教育社という、東京の出版社と思われる発行所の名前はありますが、取り次ぎを経由した本ではありません。このような本は、普通、「私家版」などと呼ばれます。しかし、装丁は美しく、３４２ページの、堂々たる立派な書籍です。

その上、序文を元侍従長の入江相政氏と元掌典長の永積寅彦氏が書いています。書名の天皇さまとは、もちろん昭和天皇のことです。

著者は佐賀県基山町にある因通寺というお寺の住職で、二〇〇七年に亡くなっています。

本書は、この本のうち、「通州事件の惨劇―日本人皆殺しの地獄絵」というタイトルが付けられた一〇五ページから一五七ページまでの53ページ分を取り出して、一冊の本として刊行するものです。

『天皇さまが泣いてござった』という書名の由来

そこで、なぜこの「自由社ブックレット」シリーズの一冊として、このような本が刊行されるのか、そもそも通州事件とは何か、という話になるのですが、それは後ほどじっくり説明することにして、まずは本書の底本となった『天皇さまが泣いてござった』という本の、その書名の由来から書いてみます。

戦後、昭和天皇は日本全国をくまなく巡幸され、国民を励まされました。昭和二十四年五月、九州巡幸にあたり、昭和天皇はみずから佐賀県の因通寺にまっさきに行幸する意思を示されました。因通寺が、戦前、昭和天皇のお后、香淳皇后の、応召軍人遺族の心中に思いをはせた御歌に感銘し、「百万人針」運動を起すなど、皇室と深いご縁があったことによりますが、もう一つ、因通寺には洗心寮という名前の戦争罹災児救護教養所があり、昭和天皇はその施設を訪れることを希望されたのです。

序文　元侍従長　入江相政
序文　元掌典長　永積寅彦
天皇さまが泣いてござった
しらべ　かんが著
教育社

■平成９年11月　教育社刊

五月二十二日、引き上げ孤児四十名を収容した洗心寮で、昭和天皇は、一人の女の子が二つの位牌を胸に抱きしめているのに目をとめ、お尋ねになりました。案の条、二つの位牌は両親のもので、その子は、「父はソ満国境で名誉の戦死をしました。母は引き上げの途中病のため亡くなりました。……私は寂しいことはありません。私は仏の子どもです」と立派に答えました。

■戦災孤児たちにお言葉をかけられる昭和天皇（洗心寮にて 昭和24年5月22日）久保山正和『因通寺物語」』（平成25年）13ページより

天皇陛下はその子の頭を何回もなでておられましたが、そのとき、天皇陛下のお目からはハラハラと数滴の涙がお眼鏡を通して畳のうえに落ちていきました。書名はこのエピソードからとられているのです。

『天皇さまが泣いてござった』という本の後半は、このような、昭和天皇と因通寺とのかかわりが主なテーマになっています。

戦争で日本人が蒙った惨劇

『天皇さまが泣いてござった』という本の前半の内容は、日本人が戦争でいかに耐え難い苦難を味わったか、いかに残虐に殺されたかという話題をいくつか集めたもので、東京大空襲、広島の原爆投下、満州におけるソ連の残虐、孤児の慟哭、などのテーマが取り上げられています。

そして、その惨劇に耐え、乗り越えてきた日本人の、けなげで雄々しい姿が語られます。すべて、やさしい語り口の話言葉でつづられ、間然するところがありません。見事な講話を聴く感覚で読み進めることができる本になっています。

著者は戦後の日本人が、かえって日本人こそが野蛮な侵略をした世界一残虐な民族であるかのように教え込まれたことに強い憤りと危機感をもっていました。こうした罪悪史観の克服がこれからの日本人の課題であることを、切々と、諄々と、熱意を込めて語っています。名僧知識の素晴らしい講話を拝聴しているという思いになります。

そして、この中に、このブックレットの内容をなす通州事件の目撃者の、驚くべき証言が載っていたのです。著者はその証言に入る前に、通州事件を問題とする文脈・背景を語っています。一部を引用します。

《今回のこの通州事件の残虐行為を見ると、やはり支那人の持つ残虐性というものを極めて明白に知らしめられるのです。それは殺した相手に対して一片の同情もなく哀れみの心もなく、殺すということに、屍体をいたぶるということに、これ以上ない興味を持っているのです。日本人にはこうした死んだ人に対して残虐行為を行うということは習慣上あり得ないのです。よく南京事件のことどもが問題になり、日本人兵が支那人三十万人を殺戮したというように言われておりますが、このことは全くのデッチ上げであり、妄説であります。これについては東大教授の藤岡氏が極めて明快に論じていらっしゃるのであります》（一一二ページ）

私の名前を出していただいたのは大変光栄なことです。この本は一九九七年（平成九年）の十一月に発行されていますが、同じ年の一月に、「新しい歴史教科書をつくる会」が発足しています。直接言及はされていませんが、著者は私どもの歴史教科書改善運動にも注目して下さっていたのではないかと思われます。

そして、勝手な想像をさらにたくましくするなら、ひょっとして、「つくる会」が巻き起こした歴史再認識の動きもキッカケの一つとなって、かねてから書きためた原稿を書籍の形で上梓する決断をなさったのではないか、とも思われるのです。ご存命の間にお目にかかりたかったと、残念でなりません。

話が横道にそれましたが、右の引用に戻ります。ここで注目すべきことは、通州事件と南京事件がセットで語られ、比較され、日本人と支那人の民族性の違いに言及されていることです。この視角こそ私たちが今後の歴史戦を戦う上で共有しなければならないポイントだ、と私は考えます。そして、この視角を著者はすでに示していたのです。

体験者・佐々木テンさんの境遇

浄土真宗本願寺派因通寺十六世住職であった調寛雅（しらべかんが）氏は、大分県にある西本願寺の別府別院で講話を担当する機会がありました。そこに熱心に通ってこられたのが、通州事件の目撃者である佐々木テンさんという女性でした。「或るとき思いあまったような表情で次のような身の毛もよだつ通州事件の真実を語ってくれたのです」と著者は書き、そこから証言者の一人称の、長い告白文が続くという構成になっています。

佐々木テンさんは、大分県の祖母山（そぼさん）の近くに生まれました。地図で見ると、祖母山は大分、宮崎、熊本の三つの県境に位置する、標高一七五六メートルの山です。

家は大変貧しく、小学校を卒業しないうちに勧める人があって大阪につとめに出ることになりました。その仕事について、「女としては一番いやなつらい仕事だった」とテンさんは表現しています。そして、二十代の半ばになって、商売で大阪に来ていた沈さんという名前の支那人に出会い、請われて結婚します。昭和七年（一九三二年）二月のことで、翌月、夫とともに支那にわたりました。

支那では、はじめは天津で暮らしていましたが、昭和九年（一九三四年）の初め頃に通州に移住しました。通州には日本人が沢山住んでいるし、支那人も日本人に大変親切でした。しかし、とテンさんは言います。「この支那人の人達の本当の心はなかなかわかりません。今日はとてもいいことを言っていても明日になるところりと変わって悪口を一杯言うのです」

テンさんは支那人の二面性に早くから気付いていたようです。テンさんは、その通州で日本人であることに誇りを持って暮らしていました。

通州は冀東（キトウ）防共自治政府の本拠地でした。殷汝耕（インジョコウ）という、親日家とされる人物が国民党の南京政府から離脱して、昭和十年に創設した地方政権でした。その政府は、保安隊と称する一万人からの武装した部隊を有して治安にあてていました。

ところが、昭和十一年（一九三六年）の春も終わろうとしていたとき、沈さんが、支那と日本は戦争をするから、これからは日本人ということを他の人に分からないようにし、日本人ともあまりつきあってはいけないと言い出しました。そのうちに、あれだけ親日的だった通州の町全体の空気が変わってきました。なかでも朝鮮人が支那人に対して日本人の悪口を言いふらすようになりまし

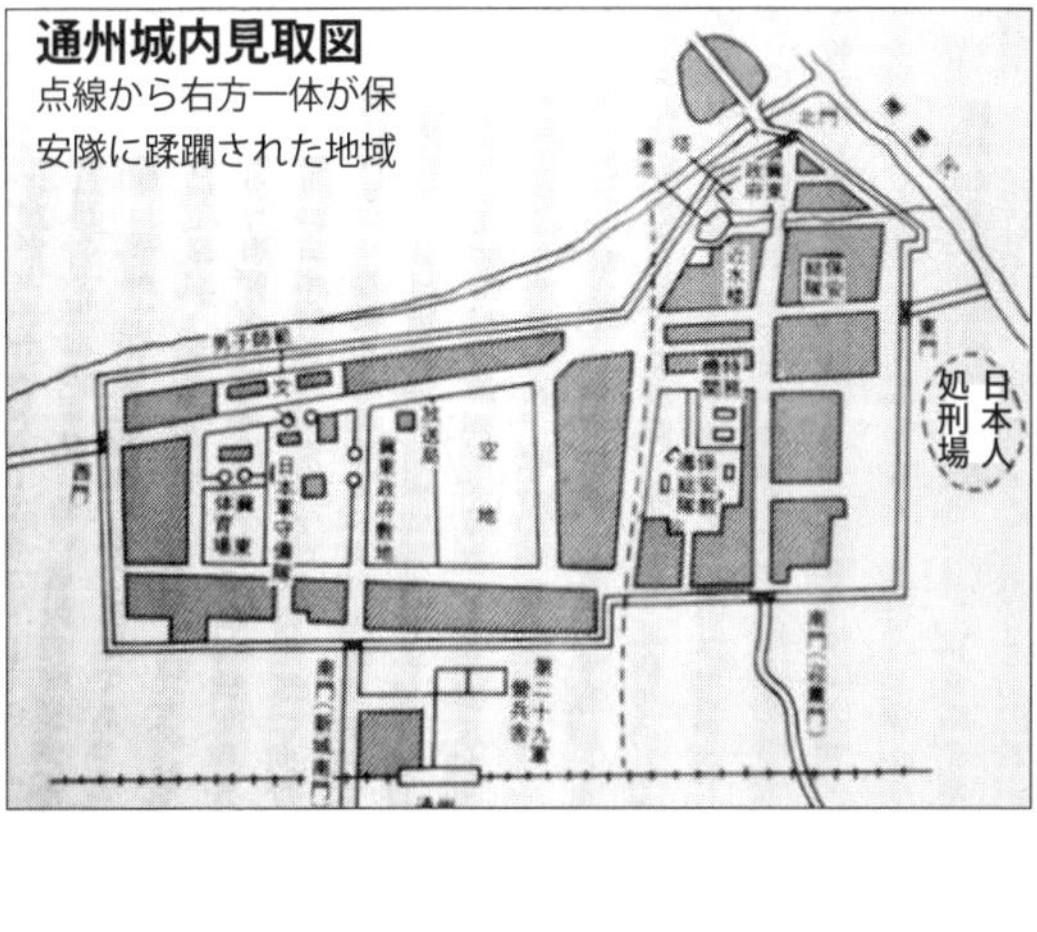

通州城内見取図
点線から右方一体が保安隊に蹂躙された地域

た。夫の言いつけに従って、日本人であることを隠し、支那人として生活していたテンさんは、朝鮮人から日本人の悪口を聞かされることになりました。しかし、そんなことを日本の軍隊や日本人は全然知らないで過ごしていました。

昭和十二年（一九三七年）になると、こうした空気はいっそう激しいものになりました。六月頃には、「一種異様と思われる服を着た学生達」が通州の町に集まってきました。「日本人皆殺し」というような言葉を大声でわめきながら行進をします。大部分の学生は銃剣と青竜刀を持っていました。鉄砲をもっている学生もいました。ここで注釈をつけるなら、テンさんのいう学生とは、蒋介石が育てた教導総隊という名の、学生からなる精鋭部隊でした。

七月八日の夕刻には盧溝橋事件で日本軍が大敗したとして、通州の町は大騒ぎをしました。テンさんは家の外に出ることも出来ないほどになっていました。こうした中で、七月二十九日の惨劇を目撃することになるのです。

父娘に対する暴虐無残

七月二十九日の朝、まだ辺りが薄暗いとき、テンさんは突然、夫の沈さんに烈しく起こされました。風呂敷二つをもって外に飛び出すと、町には一杯人が出ていて、日本軍兵舎の方から猛烈な銃撃戦の音が聞こえてきます。八時過ぎになると、「日本軍が負けた。日本軍は皆殺しだ」と騒ぐ声が聞こえてきました。テンさんは飛んで行って日本の兵隊さんと一緒に戦い死んでやろうという気持ちになるのですが、沈さんに止められてしまいます。止められたから命が助かったのでした。

九時過ぎ、誰かが日本人居留区で面白いことが始まっているぞと叫びました。女や子どもが殺されているというのです。沈さんの手を引いて日本人居留区に走ると、血の匂いがしてきます。沢山の支那人の中で、黒服の学生達と保安隊の兵隊とが一体となっていました。その先に起こったことを、佐々木テンさんは次のように証言しています。底本から直接引用します。

《そのうち日本人の家の中から一人の娘さんが引き出されて来ました。十五才か十六才と思われる色の白い娘さんでした。その娘さんを引き出して来たのは学生でした。そして隠れていたのを見つけてここに引き出したと申しております。その娘さんは恐怖のために顔がひきつっております。体はぶるぶると震えておりました。その娘さんを引き出して来た学生は何か猫が鼠を取ったときのような嬉しそうな顔をしておりました。（八行省略）学生はこの娘さんをいきなり道の側に押し倒しました。そして下着を取ってしまいました。娘さんは「助けてー」と叫びました。

とそのときです。一人の日本人の男性がパアッと飛び出して来ました。そしてこの娘さんの上に覆い被さるように身を投げたのです。恐らくこの娘さんのお父さんだったでしょう。すると保安隊の兵隊がいきなりこの男の人の頭を銃の台尻で力一杯殴りつけたのです。何かグシャッというよう

な音が聞こえたように思います。頭が割られたのです》（一三六―七ページ）

その後、父親の体を何度も何度も突き刺し、屍体を蹴転がした兵隊と学生達は、気を失っていると思われる娘さんのところへ再びやってきます。

《この娘さんは既に全裸になされております。そして恐怖のために動くことが出来ないのです。その娘さんのところまで来ると下肢を大きく拡げました。そして陵辱をはじめようとするのです。支那人とは言へ、沢山の人達が見ている前で人間最低のことをしようというのだから、これはもう人間のすることとは言えません。ところがこの娘さんは今まで一度もそうした経験がなかったからでしょう。どうしても陵辱がうまく行かないのです。すると三人ほどの学生が拡げられるだけこの下肢を拡げるのです。そして保安隊の兵隊が持っている銃を持って来てその銃身の先でこの娘さんの陰部の中に突き込むのです。（五行省略）するとギャーッという悲鳴とも叫びとも言えない声が聞こえました。私は思わずびっくりして目を開きました。するとどうでしょう。保安隊の兵隊がニタニタ笑いながらこの娘さんの陰部を抉り取っているのです。（二行省略）ガタガタ震えながら見ているとその兵隊は今度は腹を縦に裂くのです。それから剣で首を切り落としたのです。その首をさっき捨てた男の人の屍体のところにポイと投げたのです。投げられた首は地面をゴロゴロと転

がって男の人の屍体の側で止まったのです》（一三八—九ページ）

あまりの酷い仕打ちに、読んでいて怒髪天を突く思いです。これが通州で、支那人が日本人に対してやったことなのです。

保安隊と学生の部隊は、思いつきで日本人の家に押し入ったのではありません。保安隊は事前に居留区の全戸の日本人家庭を人口調査し、家族構成まで把握していたのです。

通州には日本人だけを集めた日本人居住区といったものは設定されていませんでした。日本人の住んでいる家と支那人が住んでいる家とは混在していました。そこで、保安隊は、日本人の家の前には、それと分かるようにチョークで印をつけておいたのです。まさに日本人皆殺しを実行しようとしたのです。このことから、支那人によるこれらの犯行は日本人に対する政治暴力として、初めから計画されていたことがわかります。

佐々木テン証言の意義

佐々木テンさんの証言は、こうしたいくつかの場面から成り立っています。それらの場面を列挙してみます。

①十五～十六歳くらいの娘さんとこれを助けようとした父親を陵辱、惨殺（右に引用）
②十数名の日本人男性を数珠つなぎにして虐殺
③二人の女性を引き出し、陵辱して殺害
④路上で念仏を唱えて事切れた老婆
⑤木刀で抵抗した妊婦の夫の頭皮を剥ぎ、目玉を抉り取り、腸を切り刻む
⑥七、八ヶ月の妊婦の腹を割き、胎児を掴み出して踏みつける
⑦五十人以上の日本人を集団で銃殺、日本人は「大日本帝国万歳」を叫ぶ
⑧四、五十人の日本人を近水楼の池で虐殺、池を真っ赤に染める

これらの出来事を、テンさんは中国人の夫の肩越しに、日本人と気取られないかという恐怖にもおびえつつ、震えながら目撃していたのです。

通州事件の残虐行為の証言には、脱出したり生き残ったりした人の証言と、現場に救援のために到着し現場の状況を書き取った軍人の報告書で東京裁判に証拠として提出されたもの、の二通りの資料がありました。

しかし、これらは支那人の残虐行為そのものの証言としては隔靴掻痒です。例えば運良く脱出出来た人は、その後現場で起こったことを知り得ないわけですし、後から現地に入った人は、屍体の

■中公文庫コミック版、1998年、第7巻152ページより

状態から蛮行の内容を推測できるだけです。佐々木テンさんの証言は、蛮行が行われる現場で、目の前で繰り広げられたことをつぶさに目撃し、詳細に語っている点で、最も資料価値の高い証言であると言えます。

漫画『裸足のゲン』の倒錯

ここで、私は、日本中の殆どの学校に備え付けられている中沢啓治著『はだしのゲン』という漫画の中から、四つのコマを引用したいと思います。

この漫画では、日本兵が中国人の女性に対し、このような行為を行ったと描かれています。それを受けて、この漫画では主人公の中学生に、「その数千万人の人間の命を平気でとることを許した天皇をわしゃ許さんわい」などと吠えさせています。

冗談ではありません。この漫画に描かれていること、とりわけ下二つのコマで描かれている、妊婦の腹を切りさいて中の赤ん坊を引っ張り出すこと、女性の性器を銃剣で突き刺したり、異物を突っ込んだりすることは、通州事件で支那人が日本人に対してやったことなのであり、それだけでなく、済南事件などでも行われ、中国人の猟奇的性格を示す、有名な悪行の一つとなっているのです。

それを日本人の所業になすりつけて糾弾するとは、作者中沢啓治氏は正常な思考ができたのか、無知故に単に騙されたのか明らかにすべきであり、関係者、出版社も責任を取るべきです。いずれにしても全国の学校からこんなインチキなトンデモ作品は撤収するのが当然です。

日本人にはこのようなことはできません。このような行為は、支那人の残虐文化の特性で、日本人には関係のないものです。自分たちが幾度となくやってきた蛮行を、これと最も無縁な民族である日本人になすりつけるとは、これほどの卑劣な行為はありません。

不当な疑いを差し向ける姑息

佐々木テンさんの証言は、インターネットにも誰かの手によって全文が転載されています。『天皇さまが泣いてござった』という本よりはネットによって、この証言を知った読者もいるかもしれません。ただし、ネットに掲載されている文書には、不正確な文章や転記ミス、間違った文字が散見されます。

ところで、ここに憂慮すべきことがあります。ネットでは、証言の全文が掲載されると、この証言の資料価値を疑う文書が、いち早く掲載されたようです。おそらくそのためもあるのでしょうか、歴史研究者の間では、あれは資料価値がなく使えないという意見があるようです。実際、私はこの証言を使った論文を読んだ記憶がありません。佐々木テン証言を資料として使わせまいとする意図は、まんまと成功しているように見えます。

ここでネットの文章をまともに取り上げるのもいささか気が引けますが、何らかの影響力があるとすれば取り上げておいた方がよいとも考えられます。

一例として、二〇一六年五月十四日午前閲読した、「通州事件に関する日本側証言は正確か？（Sさんの体験談）」と題する投稿について検討します。

投稿した人は、一九八五年に死亡した入江相政氏が一九九七年に出版された本に序文を書いているのは不自然だ、などという批判を書いています。何も不自然なことはありません。この本は力のこもった大作であり、序文を書いてもらって出版するつもりが、出版の引き受け手がなかったか、その他何らかの事情で出版が伸び伸びとなり、序文をいただいてから十二年後にやっと、実際に出版されたという事情であるに違いありません。著者も出版の遅延について謝罪しています。それでも著者は、いただいた入江氏の序文を生かすことで昭和天皇とのご縁を明らかにしておきたかったに違いありません。出版ということを少しでも知っている人なら、誰もが推測できることです。こんなつまらないことを取り上げるとは、何とかこの本にケチを付けようとする魂胆がミエミエです。冀東（キトウ）防共自治政府の成立などの大事件が通州では起こっていたはずなのに、それについての言及が全くないのが不自然であるかのような批判も書かれています。この批判も当たりません。佐々木テンさんは、小学校教育も修了していないような境遇にあり、しかも慣れない中国で生活していたのです。日常会話はできたでしょうが、中文の新聞や書籍をすらすら読めたとは到底思えません。

こうした制約にある人の日常の生活世界の構成を考えれば、大状況に言及がなくても何ら不自然ではないし、そもそもここでの話の目的や文脈から語る必要もなかったかも知れません。新聞記者や物書きとしてテンさんは通州に行ったのではありません。批判者はまるで前提となる状況を勘違いしています。

批判で当たっているのは、唯一、次の箇所です。

《昭和十二年になるとこうした空気は尚一層烈しいものになったのです。そして上海で日本軍が敗れた、済南で日本軍が敗れた、徳州でも、徐州でも日本軍は敗れた、支那軍が大勝利だというようなことが公然と言われるようになってまいりました》（一三〇ページ）

出来事の前後関係が混乱している、というのです。これはその通りで、私も読んですぐに気付いた点です。しかし、人は直接経験している日常世界と、知識として（多分）耳から入った情報とは次元の異なる扱いをしなければならないものです。知識として入った情報は、文筆をこととするような仕事に関係する者でもない限り、いやそういうカテゴリーの人々でさえ、前後関係の錯誤はいくらでも起こることなのです。だからといって、そのことによって、直接経験した部分の証言が疑わしいものになるわけではありません。

後世日本人への贈り物

私の感想は、ネットの懐疑論者とは全く正反対です。もちろん、検証は必要です。ただ、このケースについて、証言者の経歴や身元がハッキリしないので使えないという見解には反対です。これほど経歴がハッキリしていて矛盾がない証言者は、そんなにいないのではないかと思えるほどです。

佐々木テンさんは、通州事件を体験してしまったので、支那という国の恐ろしさに気付き、支那人である夫と離婚し、昭和十五年に日本に帰ってきます。各地を転々とし、晩年には大分県の別府に居を移して、西本願寺の別府別院によく参詣するようになりました。

その動機の一つが、右の通し番号④で書かれています。佐々木テンさんは、「私が西本願寺の別府の別院にお参りするようになったのは、やはりあのお婆さんの最期の一声である『なんまんだぶ』の言葉が私の耳にこびりついて離れなかったからでしょう」と書いています。

テンさんは、五十年間、口を閉ざして誰にも通州の体験を語りませんでした。通州に住んでいたという事すら一切口外しませんでした。それは当然です。人は余りに強烈な体験をすると、それを人に語ることが出来なくなるのです。これは、東京大空襲などでも同じで、空襲の体験者である私の知り合いも、何十年も経ってからやっと語ることができるようになった、ともらしていました。また、戦後の自虐的風潮の中で、真実を語っても相手にされなかったという危険もあったでしょう。

そのテンさんが、調寛雅氏のお説教を聞いたのです。調氏は、その著書に書かれているような、日本人が蒙った惨劇の話をしたことでしょう。テンさんは、この人なら自分の体験を嘘話と扱わずに受け止めてくれるのではないか、と思ったに違いありません。あるとき、「思いあまったような表情で」調寛雅師に自らの体験を語り出したのです。

私は何度もこの証言記録を読みましたが、読む度に何らかの発見があると同時に、佐々木テンさんという方の人間としての豊かさに心惹かれていく自分を感じています。この方は、十分な教育も受けられず、社会の底辺で暮らして来た方であることは確かでしょうが、物事のとらえ方は非常に良識があってすばらしいと思います。

すでに書いたことですが、支那人の信用ならない人格の両面性にいち早く気付く反面、日本人が支那人を見下していることにも批判的なまなざしを向けています。愛国心もあり、気っぷもあり、そして信心深い。立派な日本人です。

ネットで、さもプライバシーに配慮するマナーに従っているかのように、「Sさん」などと匿名化して書いている人もいますが、テンさんは犯罪を犯したわけでもなければ、不祥事に関わったわけでもありません。誇りある日本人として生涯を終えたはずの佐々木テンさんを、「Sさん」などと呼ぶのは失礼です。

むしろ私は驚嘆してしまいます。苛烈な体験だったとはいえ、それを言葉にして詳細に表現できるということは、本来、優れた言語能力の持ち主だったことのあかしです。またその証言を見事に文章に移し替えた調寛雅氏の文章力もまた見事というほかありません。この二つの才能の出合いがこの記録を生み、それが私達後世の日本人に歴史の真実の記録として伝えられたのです。

さらにもう一人付け加えれば、断末魔に「くやしい」「かたきをとって」と言った老婆の最期の念仏が、戦後、佐々木テンさんをして西本願寺別府別院に誘い、調寛雅師との運命的な出会いを作り出したのです。老婆の一念は、届いたのです。

こうした「思い」を受け止める連鎖の延長上に、この小さな本の刊行があり、それを手に取っているあなたがいるのです。だから、この記録は、これらの方々の、後世日本人への貴重な贈り物というべきです。

因通寺という名前の不思議さ

■浄土真宗本願寺派　因通寺（佐賀県基山町）

昨年（二〇一五年）十二月十五日、私は初めて佐賀県基山町の因通寺を訪れました。案内されて由緒のある境内を散策し、この件以外の多くの歴史をもっているお寺であることがわかりました。現在の住職・調准誓（じゅんせい）氏にお目にかかって、先代様の事績を伺いました。本の証言を今後も資料として扱うことのご快諾をいただきました。

東京への帰路の機内でのことです。いただいた書籍に目をとおし、少し疲れてなんとなく「因通寺」という文字を眺めているうちに、電流のように走るものがありました。

なんということだ。因通寺の因は、「因果応報」の因、「因果は巡る」の因です、仏教思想において、大切な言葉であるでしょう。そして、通とはまさに通州の通に通じるではありませんか。

因通寺は通州の真相を伝えるべく因縁づけられていたと考えることもできるのではないか、と思いました。『天皇さまが泣いてござった』の著者は、その宿命ともいえる役目を立派に果たされたのです。人と人との出会いの不思議さに、しばし感じ入った次第です。

二、通州事件の惨劇
——日本人皆殺しの地獄絵——

調寛雅（しらべ かんが）

日本罪悪史観の誤り

戦争中の日本人に加えられた惨劇といえば、いろいろあるけれど、大東亜戦争のきっかけになった通州事件のことを忘れてはならないと思うのです。通州事件と申しても、今は殆どの日本人から忘れ去られた事件でしょうが、これ程ひどい事件は、世界の残虐史上に未だかつて類例を見ないものであると申してもよろしいのです。勿論、大正年間にシベリアのニコライエフスクで起こった、俗に言う尼港事件もひどいことであり、身の毛が打ち震うような残虐な行為を日本人が受けた、大変な受難の悲しい事件ですが、それに勝るとも劣らない悲劇がこの通州事件であったのです。

この通州事件のことを申しますと、やはり蘆溝橋事件のいきさつから申さなくてはなりません。盧溝橋と言えば、日本を代表する人物が北京に行ってわざわざ視察というより謝罪をして、ここで日本軍が戦争をおこし、日本と支那が戦闘状態に入ったことは、まことに申し訳ないことをしてしまった、というような意味のことを中国側の政治家に申し述べたのですが、これを聞いた支那人達はそれ見たことか、日本が悪いことをしたから謝るのは当たり前だと、踏ん反り返ったのでありますす。そしてこのことが日本の新聞で報道されると、何も知らない、いや知らされていない日本人は、ああそうか、やはり日本人が外国で悪いことをしたのだから、日本を代表する人物が謝るのは当たり前だろとの思いを、更に深めたのです。

それ程ここ五十年間の日本での教育は、日本人を真実の歴史から遠ざけるように仕向けられてしまっていたのであります。そしてこの傾向は、特に高等教育を受けた日本人に多いのですが、それは高等教育を行う教育者、即ち進歩的文化人と称する連中の中に、一九一九年のコミンテルンによる洗脳を受けたものが、驚く程沢山いたということの影響でもありましょう。このコミンテルン的文化人にとっては、真実の歴史を日本人が知ることが大変怖かったのです。だから東京裁判史観を中心として、日本の教科書を作り、日本人の洗脳を始めたのです。これは日本を占領していたアメリカの意向とも一致したので、きわめてスムーズに行われることとなったのです。それで嘘の上に嘘をかさね、これでもか、これでもかと日本人が日本の悪口を書いて、それを教えるのですから、多くの日本人は、この誤った日本の歴史を信じ、日本人の殆どが、日本人は悪いことをした、誤ったことをした、謝らねばならない、償いをしなくてはならないというような罪悪史観を持ってしまったのです。この罪悪史観を持つと、自分の国を信頼することが出来なくなり、人間不信に陥り、前途に希望を持つことが出来なくなって仕舞うのであります。だからこんな考え方を別の言葉で言えば、暗黒史観と申してもよろしいのです。

東京裁判史観を広めた教育とマスコミ

こう申しあげると、こんな日本に誰がしたと申される方もおありでしょう。そしてそれは戦争をした日本人の先祖が悪かったんだというように思われる方もおありであるかも知れませんが、それは大いにまちがっております。やはりこうした考え方を日本人に押しつけるようになったのは、日本を占領した占領軍であり、その占領軍が行った東京裁判であると申しあげるべきでしょう。この東京裁判によって東京裁判史観が作りあげられ、今日に到っているのですが、この東京裁判といえば、やはりマッカーサー元帥の命令によって行われたのであることは衆知のことです。

ところが、このマッカーサーが昭和二十六年にアメリカの上院の外交委員会で、上院議員たちを前にして「第二次世界大戦は侵略戦争ではなかった。あれは日本の自衛のための戦争であった」と申しているのですから、今、日本人の多くが信じているような侵略戦争ではなかったということを、日本と戦い、そして日本を占領した最高司令官であるマッカーサー元帥が申しているのですから、これは侵略戦争ではなかったということを、一番重要な立場の人の言葉として日本のマスコミも、又教育者も取り上げるべきであったのに、日本では、マスコミでも、教育界でも、絶対にとりあげなかったのです。それは既に申し述べたように、日本のマスコミ界をリードしていた人達や、教育界をリードしていた人達の殆どが、コミンテルンの洗脳を受けた人達であったからです。それで本当の日本の歴史は教えるな、日本人に日本人としての自覚は持たせるな、嘘を教えろ、嘘を報道せよ、ということで、日本という国はすっかり作りかえられてしまったのです。でもそんなとき勇気のある人が一言でも、そうした誤った日本の歴史を批判すると、ワイワイとマスコミも教育界も騒ぎだし、自分たちの力ではどうにもならぬ、嘘がばれそうだということになると、中国に飛び、韓国に飛び、中国や韓国の政治家やマスコミの連中から、日本叩きをさせるというようなことを繰りかえして来たのであります。教科書問題などはその最も顕著なものであると言わねばなりません。

若し、日本が中国や韓国が教えている教科書に対して、少しでも批判がましいことを言ったら、日本は武力をもって押しつぶされるだろうというようなことを申す人もありますが、日本の内政である言論や教科書に対しては、中国や韓国からはさんざん干渉されているのに、中国や韓国に対しての批判は絶対に出来ないというのは、日本国内におけるコミンテルンの洗脳を受けた進歩的文化人、マスコミや教育者の影響によるものであると申すべきでしょう。こうした誤った教育によって、真実を知らされていない日本人の多くの方々は、今でもいやこれから先もずーっと、嘘を真実と信じたままで進むだろうと思うと、やり切れない気持ちになります。

盧溝橋事件の真相

そこでやはり、真実は真実として知って頂かねばなりません。蘆溝橋事件についてもそうです。今の日本では蘆溝橋事件は、日本が仕掛けたのだ、日本が挑発したのだ、というように思っていられる方が大部分と思うのですが、それが誤った教育を受けた結果なのです。嘘でかためられたものを真実と信じている証拠です。やはり真実を知って頂かねばなりません。このことについては中村粲著の「大東亜戦争への道」の中にも委しく書き述べていられますが、当時を知っているものにとっては、あの蘆溝橋事件や、それに到るまでのもろもろの出来事が、如何に無法によって日本が痛めつけられておったかということを御存知の筈です。

それは昭和十二年七月七日の夜でした。その日、支那駐屯歩兵第一連隊第三大隊第八中隊は、永定河左岸で夜間演習を行っておりました。この永定河は蘆溝橋北側にあり、北京西方十二キロの地点であったのです。夜十時すぎ演習は終了し、帰隊の準備に入っていたのですが、まさに帰隊行進に移ろうとしたとき、突然永定河畔の堤防の竜王廟付近において、支那軍より数発の銃弾の発砲によって攻撃を仕掛けられたのです。清水中隊長は野地第一小隊長に命じて、全員伏せの姿勢をとらせたのです。そしてじっと堤防と蘆溝橋城壁を注目していると、堤防にいる支那兵と城壁にいる支那兵の間で、懐中電灯による点滅信号が交わされているのを清水中隊長、野地小隊員外数名の下士官兵が目撃しているのであります。この信号交信が終わると、今度は数十発の攻撃が仕掛けられたのです。このことは日本車に対して、支那軍が計画的に攻撃をするという作戦を立てておって、いよいよ攻撃開始というときに、この交信がなされたということは明らかであります。しかしこのとき、日本軍は一発の発砲もしていないのです。清水中隊長はここで全員集合を命じ、岩谷軍曹と兵一名を乗馬伝令として豊台に馳らせ、一木大隊長に事態の報告をさせました。一木大隊長は電話で北京の牟田口連隊長に連絡をしたのです。すると牟田口達隊長は大隊長に、夜明けを待って蘆溝橋上の支那軍営長との交渉を命じたのです。それと同時に連隊長は、日本軍の特別機関と連絡をとり、日本軍としては平和裡にことを解決するため、日支双方から軍使を出して会見することにしたのです。このときの軍使は支那側からは王冷斉宛平県長、林耕宇政務委員。日本側からは櫻井徳太郎第二十九軍顧問、寺平忠輔補佐官、赤藤少佐、森田中佐であったとのことです。

この間清水中隊長は、二キロ東の西五里店に移動して、豊台を発した第三大隊と合流しました。そしてこの第三大隊は一文字山を占領したのです。するとこのとき、竜王廟方面より再び攻撃の発表（ママ）があったのです。このときの時間は午前三時二十五分であったとのことです。大隊長はこのことを直ちに連隊長に電話で報告をしたのです。すると連隊長は「三時二十五分と言えば、はっきりあたりを見ることの出来る時間である。このあと再び攻撃を受けるようなことがあれば、自衛のために戦斗を許可する」と申したそうです。この連隊長と大隊長の電話が四時二十分であったとのことです。更にこの間、櫻井徳太郎少佐は泰徳純北京市長から「支那兵は蘆溝橋城外には一兵もいない。発砲し日本車を攻撃したのは匪賊であるだろうから、匪賊は日本軍が攻撃してもよろしいですよ」と申して、攻撃の許可を北京市長もあたえているのです。

日本からの侵略にあらず

こうしたいろいろの状況を踏まえて、一木大隊長は竜王廟付近の支那兵に対して攻撃の命令を下そうとしたが、このとき日本と支那の軍使の一行が一文字山に到着したのです。この軍使一行に連隊長代理として参加していた森田中佐は、弾薬の装填禁止を命じました。しかし連隊長から攻撃許可を受けているから攻撃に移りますという将兵に対し、森田中佐はその前に立ち「支那兵を攻撃するなら先ずこの森田中佐を撃て」と言われたので、日本軍は攻撃に移ることが出来なかったそうです。この森田中佐のきびしい指令に、大隊長は攻撃をあきらめて日本軍将兵に朝食をとらせることにしたのです。この日本軍が一発の銃弾も撃たずにいる姿を見て支那兵たちは、日本軍弱し、日本軍は恐れおののいていると判断したのでしょう。朝食中の日本軍に猛烈な攻撃をしかけて来たのです。このとき軍使一行は盧溝橋城内で会議に入っていましたが、このとき支那軍の金抓中隊長（大隊長）は、蘆溝橋城外には支那兵は一兵もいないと豪語しておったそうです。ところが朝食中に支那軍の猛烈な攻撃を受けた日本軍は直ちに反撃に移りました。この朝食中に攻撃を受け反撃に移ったのが、午前五時三十分だったのです。そして反撃に出た日本軍はたちまち竜王廟の敵を撃滅し、永定河の右岸にまで進出し支那軍を撃退したのであります。

　この戦斗で残された支那軍の遺体を改めてみると、第二十九軍長の指揮下にある支那の第二十九軍の正規の兵隊であり、いや精鋭というべき兵士たちでありました。攻撃を受けるまで、竜王廟の兵は正規の兵でなく匪賊だと言い張っていた大嘘が、この竜王廟の戦斗で明らかになり、支那軍こそ計画的に日本軍を攻撃し、朝食中に攻撃をしかけるという、まことに卑劣な支那人特有のものが遺憾なく発揮されたのが、この蘆溝橋事件であったのです。決して日本からの侵略ではなかったのです。こうして隠忍の上にも隠忍重ねた日本軍ではあったが、これを日本軍弱しと見た支那軍が攻撃したという事実から、蘆溝橋事件は決して日本からの攻撃ではなかったということが明らかになったのですが、でも何故日本軍が中国の国内におったのだ。そのことが侵略ではないかというように申す人もおりますが、これは全く歴史を知らないものの言葉であります。

百年の日本史、二百年のアジア史

今日本では、五十年前の戦争が外国で起きたこと、それ自体が侵略ではないか、何故日本軍が外国にいたのかというようなことを申す人もいるようですが、これは五十年間の歴史だけを知っていて、その以前の歴史には目を覆っているのです。この何故中国に日本軍がいたのかということを明らかに知りたいと思うなら、やはり百年の日本の歴史を知らねばならないのです。この百年の日本の歴史を知らずして中国に日本軍がおったことを批判するには、百年の歴史を知らない無知蒙昧の人であると申さなくてはなりません。百年の日本の歴史を知るということは二百年のアジアの歴史を知らなくてはなりません。そんなことは何も知らずに、徒らに日本は侵略国だと卑下することは、愚昧下劣の人と申さなくてはなりません。

百年の日本の歴史を繙いて見れば明らかなことですが、明治以来、日本は朝鮮のために尊い血を流し続けているのです。コリアンの人達は日本憎しの教育が徹底して、何も知らずに、朝鮮を日本は侵略し続けていると思い込んでいます。これは大きな間違いです。日本は朝鮮のため、朝鮮人のために、尊い日本人の血を流しているのです。その歴史的背景を更に委しく申すことは省略しますが、日清戦争が何故おきたか、又日露戦争が何故おきたかということも考えますと、それもこれも朝鮮を守るためだったのです。それが朝鮮の独立を一番願っていた伊藤博文公を、ハルビンの駅頭で安重根という男が射殺し、日本の輿論が沸騰し、朝鮮撃つべしの声が日本全国に拡がるのをみて、これは大変だ。これでは朝鮮はつぶされると、自ら日本との合併を希望して日韓合併となり、或る時期、日本国の一部になったのが朝鮮なのです。しかし、この日本国の一部になっている時代に、朝鮮は長足の進歩を遂げたのです。そして朝鮮が日本国の一部になっていたのは三十五年間なのです。それなのに五十年すぎた今でも、日本憎し、日本は侵略国だと言い続けるコリアンの人達の歴史的常識のなさには恐れ入る次第です。

朝鮮による日本侵略史

そして朝鮮は日本が侵略したと言い続けていますが、朝鮮が日本を侵略したことはないかと申せば、実に残酷な侵略を朝鮮は日本に対して、しているのです。その一番いい歴史的事実があの元寇です。文永の役と弘安の役です。あれは蒙古のフビライが日本を侵略したように伝えられていますが、そうではありません。フビライという男は自分が外国を占領すると、その占領した国の兵隊をもって隣の国を攻めさせるのです。朝鮮がフビライに占領されて、朝鮮の兵が日本を攻めたのが元寇なのです。文永の役というのは、日本偵察の意味もあって日本を侵略したのですが、そのときのすざましさは大変なことだったのです。対馬に上陸して、この土地にすむ住民を皆殺しにして博多に上陸し、博多から北九州の小倉周辺までことごとく蹂躙したのですが、被害者は壱岐、対馬と合わせると百万人を超えたとの説もあるのです。このときフビライの手先とはいえ、日本侵略を犯したのは朝鮮だったのです。実に残酷な侵略を行っているのです。だから朝鮮は長い歴史の上でも、いつも一方的に日本から侵略されたなどと、日本を罵ったのは、歴史を知らない愚昧の行為と言わねばならないのです。でも日本は朝鮮を守るため日本人の血を流しているのです。重ねて申しますがそれが日清戦争です。それが日露戦争なのです。こうした事実は是非、日本の皆さんは知っておかなくてはならないのです。こうして日本は朝鮮のために血を流し続けてたのですが、朝鮮人は日本を裏切り続けたのです。

通州事件二つの原因

この通州事件にしろ、その根底に二つの大きな原因があったと言われております。その一つと申しますのは、あの当時、即ち蘆溝橋事件がおきたあとの中国の国内には、蒋介石を中心とする国民党と共産軍との、ものすごい斗争の真最中だったのです。これは大正八年にコミンテルンが結成されて、世界制覇を目論んだ一環が支那に向けられ、共産軍として支那各地に反政府斗争を開始したのです。これに対して、蒋介石が国民党を結成し、共産軍打倒の戦いをはじめていたからでありますす。このことはコミンテルン教育によって歪められた歴史観ではなく、正しい歴史を繙けば明白な歴史上の事実であります。只ここで申し上げたいことは、このコミンテルン、即ち第三インターというのは暴力革命と、プロレタリアート独裁を掲げておったので、その思想行動が極めて危険極まりないものであったということであります。又この共産主義というものがコミンテルンを信奉する限り、表面上は如何に綺麗なことを申し上げても、その実施してきた歴史を見れば、人間ではない恐ろしい悪魔の権化であることが明らかになってまいるのであります。こうした悪魔との戦いに憂き身をやつしていた蒋介石であったから、そこにはあらゆる権謀術数を使い、どんな犠牲も厭わなかったのです。このどんな犠牲ということは自らの場合に言うことであるけれど、蒋介石は他に向かって犠牲を強いたのであります。この一つの現われが通州事件でもあったのです。

それからその二つには、朝鮮人の目にあまる日本人に対しての反逆行為であったのです。これは明治四十三年に日韓合併による朝鮮人の恨みや呪いが反逆となったことは事実ですが、このことをもって報復的な気持ちが朝鮮人にあり、日本人憎しからこの通州事件の惨劇が行われたとするなら、やはり許されないことであると申さなくてはならないのです。と申すのは、昭和十年に親日家であった殷汝耕（インジョコウ）が通州に冀東（キトウ）防共自治政府を作ったのでありますが、これを嫌った南京政府はあらゆる手段を講じて、この殷汝耕の悪口を多くの人達に拡げたのです。このとき一番利用されたのが朝鮮人だったのです。ところが殷汝耕批判のデマを依頼された朝鮮人達は、只単に親日家である殷汝耕の悪口を言うだけでなく、日本人それ自体の悪口をデマとして流したのです。このことはあとで述べます佐々木テンさんの言葉からも明らかですが、日本人の悪口を言つているうち、朝鮮人達自身が支那人の憎しみを受けることになっているのも知らず、実に巧みに日本人の悪口を言いふらし、対日感情の悪化に拍車をかけることになりました。それでその当時の中国人の大多数が日本打つべし、日本人殺すべしの強い意識を持つことになったのだそうです。重ねて申しますが、こうした中国人の輿論作りに大いに働いたのが朝鮮人だったのです。

保安隊の計画的反乱

そうした客観状態がだんだん固まって来て、この通州事件が起きることになったのですが、その実際の引き金になったのは、やはり殷汝耕だったのです。この殷汝耕は冀東防共自治政府を作り、一万人の保安隊を軍隊としておいていたのです。これに対して中国の第二十九軍が通州のすぐ近くの宝通寺にその一部を展開させておりました。そして輿論が日本批判、日本人憎悪の感情で昂まってまいると、この第二十九軍の宝通寺駐屯部隊の中に不可解な行動が目立ってきたのであります。

そこで日本側としては、保安部隊もいることだから、一応、宝通寺から撤退してもらうことを第二十九軍部隊に要請を行ったのです。これに対して宝通寺部隊は全然応じる気配がなく、かえって日本人及び日本軍に対して威圧的姿勢を張ってきたのであります。これは支那側の偽の宣伝が大いに役立っているようです。即ち、当時の南京放送が「支那軍大勝利。日本軍大敗。日本人全滅」との放送を毎日繰り返し、繰り返し放送していたのと、朝鮮人の反日本的口コミ作戦が功を奏したものと言わねばなりません。それに特に、この頃の支那軍というのは大なり小なり共産主義の影響を受けていたのです。この第三インター、即ちプロレタリアート独裁を目指しているコミンテルンの中核のものにとっての最後の目的は、日本を暴力的に制覇して、赤色革命の国家を樹立するというのが目的ですが、そのためには先ず支那に出兵している日本軍殲滅が焦眉の急となっておりました。そこで支那軍、即ち蒋介石の軍隊の中にオルグを送り込むと同時に、蒋介石軍をもって日本を叩くといった作戦を樹てていましたので、やはりこの通州はここにおる日本人殲滅が一つの目的であったのです。殷汝耕という人は親日家であり、その殷汝耕が結成した保安隊も親日的である筈であったのですが、この保安隊の中にも第三インターの赤色革命の思想をもったものたちが数多く送り込まれていて、第二十九軍の中にいる人民解放戦線派、即ち共産革命派と常に緊密な連絡を取り合っていたのです。こうしたことが通州事件の大虐殺の背景にもなっているのです。

そしてこの通州事件の直接の発端となったのは、日本軍に対して攻撃的態度をとっておった二十九軍の宝通寺部隊に対して両軍の衝突を避けるため、一時北京への撤退を求めたけれど、かえって日本軍に対して攻撃をしかけて来たので、七月二十七日にこの宝通寺部隊に対して攻撃を開始することにしたのであります。ところが日本軍が意を決して攻撃に移ると、この宝通寺部隊はたちまち戦意を失い敗走することとなったのであります。ただこのとき関東軍の爆弾機が宝通寺部隊を攻撃するとき、隣接していた保安隊の一部に爆弾を投下したのであります。この誤爆に対して日本側としては、細木特務機関長を直ちに殷汝耕のところに急派し、誤爆に対して陳謝し、遺族の弔問に走り廻っていたのであります。しかしこのことを強く利用しようとした南京政府は、殷汝耕討伐に立ち上がると共に、日本人「皆殺し」作戦を展開することとなったのであります。

日本人大虐殺始まる

七月二十九日、早暁に攻撃を開始した保安隊は、先ず殷汝耕を拉致したのであります。殷汝耕が作り育てた保安隊が、その生みの親、育ての親である殷汝耕を拉致するということは、支那の道徳ではもっとも忌み嫌うことであるが、実際にはこうしたことが繰り返されたのであります。しかも動機には更に第三インター共産主義の思想に汚染されたものたちの仕業でもありますが、ここに支那の道徳の終焉を知らされるのであります。この殷汝耕を拉致した保安隊のものたちは、そのあと守備のため通州に残っておった日本兵を烈しく攻撃し、最終的には全滅させるのであるけれども、それと同時に通州におった日本人の大虐殺をはじめたのであります。これが世界の残虐史上まれに見る惨劇となったのであります。この惨劇の実状については佐々木テンさんの言葉によっても明らかですが、公式の記録として残っているものを二、三書き記しておきます。

当時天津歩兵隊長、又支那駐屯歩兵第二連隊長であった萱島高氏は東京裁判のとき、次のような証言を行っているのです。

「旭軒（飲食店）では四十才から十七才十八才までぐらいの女性が皆強姦されていました。それは裸体で陰部を露出したまま射殺されておりました。特にその中の四、五名の女性は陰部を銃剣で突き刺されていました。商館や役所に残された日本男子の屍体は殆どすべてが首に縄をつけて引き回した跡があり、血糊は壁に散布し、言語に絶したものでありました」

と萱島氏は証言していますが、まさになぶり殺しであったことの証言なのであります。

特に通州救護の第二歩兵隊長代理をつとめた桂鎮雄氏は、旅館近水楼での惨劇について次のような供述をしているのです。

「近水楼の入り口で女性らしい人の屍体を見ました。足は入り口に向けられておりました。顔には新聞紙がかけられておりました。その屍体の格好から見ると本人は相当に抵抗したらしく、着物は押し倒されたままで剥がされたらしく、上半身も下半身もむき出しになっておりました。そのむき出しになった裸身を五ヶ所も六ヶ所も銃剣で突き刺してありました。そして陰部は刃物でえぐられたので形は残っていませんでしたが、その周辺には血痕が散乱しておりました。

　帳場や配膳室は、もう足の踏み場もないように散乱していて、略奪のすざましさを物語っておりました。そして女中部屋に行きますと、日本の女性らしい人が四人屍体となって転がされていました。その四人の日本女性たちは最後まで抵抗したらしく、その模様が伺われました。そして殺される直前には大変もがいたようであり、最後には四人が折り重なるようにして殺されたのでしょうか、その中の一名だけは上向きにさせられ、その女性の陰部はえぐり取られていました。帳場と配膳室には男一人女二人の屍体があったが、三人とも相当に戦ったようでありました。抵抗がひどかったからでありましょう。この三人の屍体に対する惨虐さは又格別で、男の人は頭が叩き割られ、目玉をくり抜き、その上半身は蜂の巣のようになっておりました。女性の方は背部から銃剣で刺されたものでしたが、何回も何回も刺したと思われる傷跡がありました。

　更に一階の座敷（客室）に女の屍体が二つありました。二人とも素っ裸で殺されていました。そしてこの二人の女性も強姦された跡は歴然でした。陰部は二人とも切り取られてあり、胸や腹部に銃剣で刺した跡が何カ所もありました。

　この近水楼の近くにあるカフェーに行ってみると、縄で絞殺されて素っ裸にされた女性数名の屍体があり、それはそこらあたりを縄で引きづり屍体を引きづった跡がはっきり残っており、残酷という言葉も通用しない世界を知らされました。このカフェーの裏側に日本人の家がありましたが、親子二人が惨殺されていました。子供は手の指を揃えて切断されておりました。

南城門近くの日本人商店では、主人らしい人の屍体が路上に放置してありましたが、胸部の骨が露出し内蔵が散乱しておりました」と桂鎮雄氏は述べているのであります。

更には七月三十日通州に救護に赴いた部隊の小隊長であった桜井文雄氏は、次のように述べております。

「守備隊が東門を出ると、殆ど数間間隔に日本人居留民男女の惨殺屍体が横たわっており、救護に駆けつけた一同は何とも言うことの出来ない悲憤の情がこみ上げ、そのおもいは到底消し去ることの出来るものではありませんでした。

「日本人はいないか」と連呼しながら各戸毎に調査をして行くと、牛のように鼻に針金を通された子供や、片腕を切られた老婆、腹部を銃剣で刺された妊婦等の屍体がそこここのゴミ箱の中や壕の中から次々に出て来ました。或る飲食店では一家ことごとく首と両手を切断されて捨てられている屍体が無惨でした。女性という女性は十四、五才以上はことごとく強姦されており、全く見るに忍びなかったのです。旭軒では七、八名の女性は全部裸体にされて強姦刺殺されており、陰部に箒を押し込んであるもの、口中に土砂をつめてあるもの、腹を縦に断ち割ってあるものなど、全く見るに耐えなかったのです。東門近くの池には首を縄で縛り、両手を合わせてそれに八番鉄線を貫き通し、一家六名を数珠繫ぎにして引き回された形跡歴然たる屍体がありました。池の水は血で赤く染まっていたのを目撃しました」と桜井文雄氏は述べております。

何とむごたらしい悪業でしょう。これは悪鬼も目をそむけずにはいられない状況です。こうした供述の中にも酷たらしい淫虐の情景がはっきりして来るのですが、こうしたことはまさに悪魔も及ばない極悪無道のことであると申さればなりません。

（以上に述べた通州事件についての文章は中村粲氏著の大東亜戦争への道によるところが多々あります）

肉食民族の残虐性

この通州事件に於ける残虐性は、これは日本人には持ち合わせることの出来ないものです。しかし彼等（支那、コリアン、アメリカ、ヨーロッパ各国）はこうした残虐性は本性として持ち合わせているものであります。それは彼等が肉食人種であるからであります。しかしそれに対して日本人は米食（草食）人種であります。これは動物に例えれば肉食動物には野獣性があり残酷性があり、斗争性があります。しかし草食動物には平和性があり協調性があり、慈育性があります。動物の世界でもライオンや虎や狼は相手に対して極めて攻撃的であり、残虐的であり、そこには一片も相手を哀れむといったことはないのであります。壮烈な斗争の来、相手を倒すことによって相手の全てを自分の所有とする。その所有したものに対してどのような仕打ちを加えようとそれは自由なのです。そして相手を出来るだけいたぶってこれを虐げるということは、この肉食動物の本能的習性というか性格というか、肉食動物にはこれを除いては肉食動物の肉食動物としての所以がなくなってしまうのであります。

それに対して草食動物は、兎にしろ、羊にしろ、又山羊にしろ、こうした残虐性はないのでありま す。草食動物には相手を倒さなくても自然によって恵まれた草木があるのです。だからこの草本によって生きることが出来るのです。そこには平和があり、共に生きることへの喜びがあるのです。だから人間も同じことが言えるのです。肉食を常としているものはやはり斗争的なことが主になるから、その斗争によって勝ち取ったものに対しては、どのような残虐行為を行っても、それは神が許すといった感覚を持つことになるのです。

支那人特有の残虐性

今回のこの通州事件の残虐行為を見ると、やはり支那人の持つ残虐性というものを極めて明白に知らしめられるのです。それは殺した相手に対して一片の同情もなく哀れみの心もなく、殺すということに、屍体をいたぶるということに、これ以上ない興味を持っているのです。日本人にはこうした死んだ人に対して残虐行為を行うということは習慣上あり得ないのです。よく南京事件のことどもが問題になり、日本人兵が支那人三十万人を殺戮したというように言われておりますが、このことは全くのデッチ上げであり、妄説であります。これについては東大教授の藤岡氏が極めて明快に論じていられるのであります。更にこの南京三十万虐殺が全くの嘘であるということには二つの面から伺われるのです。

それは一つには日本軍並びに日本人の脳裏には明治天皇の

国のため　仇なす仇は　くじくとも
いつくしむべき　道な忘れぞ

の御製によって象徴されるように、敵対するものに対しては徹底的に戦っても、戦が終わったあとは戦争の被害に泣いているものに対してはこれを大切に救い上げなさいという意味ですが、このことは日本軍人と日本人の間には充分了解されていることであります。そうした心を持つ日本軍がどうして無辜の民衆を殺すことが出来ましょうか。こういう面から申しても南京虐殺はあり得なかったのです。

それともう一つには支那人の虚報性が徹底しているということです。「白髪三千丈」という言葉は李白の詩の一節に出て来る文学的表現ですが、支那人は常にこうしたことを自己主張に利用しているのです。あの「白髪三千丈」にしろ三尺の髪が伸びたら表現としては三千丈となるのです。これが支那人の常套手段です。この白髪三千丈式で言えば、南京大虐殺の実数は三十人に過ぎないのです。まさに嘘でかためた嘘の報道や、東京裁判のまやかしに日本人はよくもここまでたぶらかされたものだと思うものであります。

体験者の血の告白

そこでこの通州事件の生きた体験者佐々木テンさんの話を申しておきます。この佐々木テンさんという方は大分県の祖母山の近くに生まれた方だったのですが、いろんな事情で昭和七年に支那人の沈さんという男と結婚して大陸に渡り、いろんな変遷があって昭和九年頃から通州に住むようになっておったとのことです。そして通州事件を体験して、支那という国の恐ろしさに気付き、離婚して昭和十五年には日本に帰り、あちらこちらを転々としておったが、晩年別府に居を移し、最後は大分県の南海部郡でその一生涯を終わっております。この佐々木テンさんは自らが体験した通州事件のあまりの恐ろしさに、日本に帰ったのちも口を喋（つむ）んで語らず、通州におったということも人には告げなかったのです。

それが別府に住み着くということになって、西本願寺の別府別院によく参詣するようになりましたが、或るとき思いあまったような表情で次のような実に身の毛もよだつ通州事件の真実を語ってくれたのです。

三、通州事件の目撃者　佐々木テンさんの証言

支那人と結婚し支那に渡る

私は大分の山の奥に生まれたんです。すごく貧乏で小学校を卒業しないうちにすすめる人があって大阪につとめに出ることになりました。それが普通の仕事であればいいのですけど、女としては一番いやなつらい仕事だったので、故郷に帰るということもしませんでした。そしてこの仕事をしているうちに何度も何度も人に騙されたんです。小学校も卒業していない私みたいなものはそれが当たり前だったかも知れません。

それがもう二十歳も半ばを過ぎますと、私の仕事のほうはあまり喜ばれないようになり、私も仕事に飽きが来て、もうどうなってもよいわいなあ、思い切って外国にでも行こうかと思っているとき、たまたま沈さんという支那人と出会ったのです。

この沈さんという人はなかなか面白い人で、しょっちゅうみんなを笑わしていました。大阪には商売で来ているということでしたが、何回か会っているうち、沈さんが私に「テンさん、私のお嫁さんにならないか」と申すのです。私は最初は冗談と思っていたので、「いいよ。いつでもお嫁さんになってあげるよ」と申しておったのですが、昭和七年の二月、沈さんが友人の楊さんという人を連れて来て、これから結婚式をすると言うんです。

そのときは全く驚きました。冗談冗談と思っていたのに友人を連れて来て、これから結婚式というものですから、私は最初は本気にしなかったんです。

でも楊さんはすごく真面目な顔をして言うのです。沈さんは今まで何度もあなたに結婚して欲しいと申したそうですが、あなたはいつも、ああいいよと申していたそうです。それで沈さんはあなたと結婚することを真剣に考えて、結婚の準備をしていたのです。それで今日の結婚式はもう何もかも準備が出来ているのです。と楊さんは強い言葉で私に迫ります。

それでも私は雇い主にも相談しなくてはならないと申すと、雇い主も承知をして今日の結婚式には出ると申すし、少しばかりあった借金も全部沈さんが払っているというので、私も覚悟を決めて結婚式場に行きました。支那の人達の結婚式があんなものであるということは初めてのことでしたので、大変戸惑いました。

でも、無事結婚式が終わりますと、すぐに支那に帰るというのです。でも私も故郷の大分にも一度顔を出したいし、又結婚のことも知らせなくてはならない人もあると思ったのですが、沈さんはそれを絶対に許しません。自分と結婚したらこれからは自分のものだから自分の言うことを絶対に聞けと申すのです。それで仕方ありません。私は沈さんに従ってその年の三月に支那に渡りました。

通州で日本兵と語る楽しみ

長い船旅でしたが、支那に着いてしばらくは天津で仕事をしておりました。私は支那語は全然出来ませんので大変苦労しましたが、でも沈さんが仲を取り持ってくれましたので、さほど困ったことはありませんでした。そのうち片言混じりではあったけれど支那語もわかるようになってまいりましたとき、沈さんが通州に行くというのです。

通州は何がいいのですかと尋ねると、あそこには日本人も沢山いて支那人もとてもいい人が多いから行くというので、私は沈さんに従って通州に行くことにしたのです。

それは昭和九年の初め頃だったのです。沈さんが言っていたとおり、この通州には日本人も沢山住んでいるし、支那人も日本人に対して大変親切だったのです。

しかしこの支那人の人達の本当の心はなかなかわかりません。今日はとてもいいことを言っていても明日になるとコロリと変わって悪口を一杯言うのです。

通州では私と沈さんは最初学校の近くに住んでいましたが、この近くに日本軍の兵舎もあり、私はもっぱら日本軍のところに商売に行きました。私が日本人であるということがわかると、日本の兵隊さん達は喜んで私の持っていく品物を買ってくれました。

私は沈さんと結婚してからも、しばらくは日本の着物を着ることが多かったのですが、沈さんがあまり好みませんので天津の生活の終わり頃からは、支那人の服装に替えておったのです。すっかり支那の服装が身につき支那の言葉も大分慣れてきていました。

それでもやっぱり日本の人に会うと懐かしいので日本語でしゃべるのです。遠い異国で故郷の言葉に出合う程嬉しいことはありません。日本の兵隊さんの兵舎に行ったときも、日本の兵隊さんと日本語でしゃべるととても懐かしいし又嬉しいのです。私が支那人の服装をしているので支那人と思っていた日本の兵隊さんも、私が日本人とわかるととても喜んでくれました。そしていろいろ故郷のことを話し合ったものでした。

そして商売の方もうまく行くようになりました。沈さんがやっていた商売は雑貨を主としたものでしたが、必要とあらばどんな物でも商売をします。だから買う人にとってはとても便利なんです。沈に頼んでおけば何でも手に入るということから商売はだんだん繁盛するようになってまいりました。沈さんも北門のあたりまで行って日本人相手に大分商売がよく行くようになったのです。

この頃は日本人が多く住んでいたのは東の町の方でした。私たちは沈さんと一緒に西の方に住んでいましたので、東の日本人とそうしょっちゅう会うということはありませんでした。

この通州という町にはその当時冀東防共自治政府がありました。これは殷さんという人がつくった政府で軍隊も一万人以上居ったそうです。そして日本に対しては非常に親日的だったので、私も日本人であるということに誇りを持っていたのです。

日本の悪口を言いふらす朝鮮人

ところが昭和十一年の春も終わろうとしていたとき、沈さんが私にこれからは日本人ということを他の人にわからないようにせよと申しますので、私が何故と尋ねますと、支那と日本は戦争をする。そのとき私が日本人であるということがわかると大変なことになるので、日本人であるということは言わないように、そして日本人とあまりつきあってはいけないと申すのです。

私は心の中に不満が一杯だったけど沈さんに逆らうことは出来ません。それで出来るだけ沈さんの言うことを聞くようにしました。顔見知りの兵隊さんと道で会うとその兵隊さんが、沈さん近頃は軍の方にこないようになったが何故と尋ねられるとき程つらいことはありませんでした。

そのうちにあれだけ親日的であった通州という町全体の空気がだんだん変わって来たのです。何か日本に対し又日本人に対してひんやりしたものを感じるようになってまいりました。沈さんが私に日本人であるということが人にわからないようにと言った意味が何となくわかるような気がしたものでした。そして何故通州という町がこんなに日本や日本人に対して冷たくなっただろうかということをいろいろ考えてみましたが、私にははっきりしたことがわかりませんでした。

只朝鮮人の人達が盛んに日本の悪口や、日本人の悪口を支那の人達に言いふらしているのです。私が日本人であるということを知らない朝鮮人は、私にも日本という国は悪い国だ、朝鮮を自分の領土にして朝鮮人を奴隷にしているのです。そして日本は今度は支那を領土にして支那人を奴隷にすると申すのです。だからこの通州から日本軍と日本人を追い出さなくてはならない。いや日本軍と日本人は皆殺しにしなくてはならないと申すのです。私は思わずそんなんじゃないと言おうとしましたが、私がしゃべると日本人ということがわかるので黙って朝鮮人の言うことを聞いておりました。

そこへ沈さんが帰って来て朝鮮人から日本の悪口を一杯聞きました。すると沈さんはあなたたちも日本人じゃないかと申したのです。

するとその朝鮮人は顔色を変えて叫びました。日本人じゃない朝鮮人だ、朝鮮人は必ず日本に復讐すると申すのです。そして安重根という人の話を滔々と語りました。伊藤博文という大悪人を安重根先生が殺した。我々も支那人と一緒に日本人を殺し、日本軍を全滅させるのだと申すのです。

私は思わずぞっとせずにはおられませんでした。なんと怖いことを言う朝鮮人だろう。こんな朝鮮人がいると大変なことになるなあと思いました。沈さんは黙ってこの朝鮮人の言うことを聞いて最後まで一言もしゃべりませんでした。

こんなことが何回も繰り返されているうちに、町の空気がだんだん変わってくるようになってまいったのです。

でもそんなことを日本の軍隊や日本人は全然知らないのです。私は早くこんなことを日本人に知らせねばならないと思うけれど、沈さんは私が日本人と話すことを厳重に禁止して許しません。私の心の中にはもやもやとしたものがだんだん大きくなって来るようでした。

道を歩いているとき日本の兵隊さんに会うと「注意して下さい」と言いたいけれど、どうしてもその言葉が出てまいりません。目で一生懸命合図をするけど日本の兵隊さんには通じません。私が日本人であるということは通州で知っているのは沈さんの友人二、三人だけになりました。日本の兵隊さん達もだんだん内地に帰ったり他所へ転属になったりしたので、殆ど私が日本人であるということを知らないようになりました。

信用できない保安隊

そうしているうちに通州にいる冀東防共自治政府の軍隊が一寸変わったように思われる行動をするようになってまいりました。大体この軍隊は正式の名称は保安隊といっておりましたが、町の人達は軍隊と申しておったのです。この町の保安隊は日本軍ととても仲良くしているように見えていましたが、蔣介石が共産軍と戦うようになってしばらくすると、この保安隊の軍人の中から共産軍が支那を立派にするのだ、蔣介石というのは日本の手先だと、そっとささやくように言う人が出てまいりました。その頃から私は保安隊の人達があまり信用出来ないようになってまいったのです。

行商に歩いていると日本人に出会います。私は沈さんから言われているのであまり口をきかないようにしていました。すると日本人が通った後ろ姿を見ながら朝鮮人が「あれは鬼だ、人殺しだ、あんな奴らはいつかぶち殺してやらねばならない」と支那人達に言うのです。

最初の頃は支那人達も朝鮮人達の言うことをあまり聞きませんでしたが、何回も何回も朝鮮人がこんなことを繰り返して言うと、支那人達の表情の中にも何か険しいものが流れるようになってまいりました。特に保安隊の軍人さん達がこの朝鮮人と同じ意味のことを言うようになってまいりますと、もう町の表情がすっかり変わってしまったように思えるようになりました。

私はあまり心配だからあるとき沈さんにこんな町の空気を日本軍に知らせてやりたいと申しますと、沈さんはびっくりしたようにそんなことは絶対にいけない、絶対にしゃべったらいけないと顔色を変えて何度も言うのです。それで私はとうとう日本軍の人たちにこうした町の空気を伝えることが出来なくなってしまったのです。

警告の投げ紙もむなしく

それが昭和十一年の終わり頃になるとこうした支那人達の日本に対しての悪感情は更に深くなったようです。それは支那のあちこちに日本軍が沢山駐屯するようになったからだと申す人達もおりますが、それだけではないようなものもあるように思われました。

私は沈さんには悪かったけれど、紙一杯に委しくこうした支那人達の動き、朝鮮人達の動きがあることを書きました。そして最後に用心して下さいということを書いておきました。この紙を日本軍の兵舎の中に投げ込みました。これなら私がしゃべらなくても町の様子を日本軍が知ることが出来ると思ったからです。こうしたことを二回、三回と続けてしてみましたが、日本軍の兵隊さん達には何も変わったことはありませんでした。

これでは駄目だと思ったので、私はこの大変険悪な空気になっていることを何とかして日本軍に知らせたいと思って、東町の方に日本人の居住区があり、その中でも近水楼というところにはよく日本の兵隊さんが行くということを聞いたので、この近水楼の裏口のほうにも三回程この投げ紙をしてみたのです。でも何も変わったことはありません。

これは一つには私が小学校も出ていないので、字があまり上手に書けないので、下手な字を見て信用してもらえなかったかも知れません。このとき程勉強していないことの哀れさを覚えたことはありませんでした。

「日本人皆殺し」「日本人は悪魔だ」の声

昭和十二年になるとこうした空気は尚一層烈しいものになったのです。そして上海で日本軍が敗れた、済南で日本軍が敗れた、徳州でも日本軍は敗れた、支那軍が大勝利だというようなことが公然と言われるようになってまいりました。

日に日に日本に対する感情は悪くなり、支那人達の間で、「日本人皆殺し、日本人ぶち殺せ」と言う輿論が高まってまいりました。その当時のよく言われた言葉に、「日本人は悪魔だ。その悪魔を懲らしめるのは支那だ」という言葉でした。私はこんな言葉をじっと唇をかみしめながら聞いていなくてはならなかったのです。

支那の子供達が「悪鬼やぶれて悪魔が亡ぶ」という歌を歌い、その悪鬼や悪魔を支那が滅ぼすといった歌でしたが、勿論この悪鬼悪魔は日本だったのです。こんな耐え難い日本が侮辱されているという心痛に毎日耐えなくてはならないことは大変な苦痛でした。

しかしこんなとき沈さんが嵐はまもなくおさまるよ、じっと我慢しなさいよと励ましてくれたのが唯一の救いでした。そしてこの頃になると沈さんがよく大阪の話しをしてくれました。私も懐かしいのでその沈さんの言葉に相槌を打って一晩中語り明かしたこともありました。

三月の終わりでしたが、沈さんが急に日本に行こうかと言い出したのです。私はびっくりしました。それはあれ程私に日本人としゃべるな、日本人ということを忘れろと申していた沈さんが何故日本に行こうか、大阪に行こうかと言い出したかといえば、それ程当時の通州の、いや支那という国全体が日本憎しという空気で一杯になっておったからだろうと思います。

しかし日本に帰るべく沈さんが日本の状況をいろいろ調べてみると、日本では支那撃つべし、支那人は敵だという声が充満していたそうです。そんなことを知った沈さんが四月も終わりになって「もうしばらくこの通州で辛抱してみよう、そしてどうしても駄目なら天津へ移ろう」と言い出しました。それで私も沈さんの言うことに従うことにしたのです。

何か毎日が押しつけられて、押し殺されるような出来事の連続でしたが、この天津に移ろうという言葉で幾分救われたようになりました。来年は天津に移るということを決めて二人で又商売に励むことにしたのです。

でもこの頃の通州ではあまり商売で儲かるということは出来ないような状況になっておりました。しかし儲かることより食べて行くことが第一だから、兎に角食べるために商売しようということになりました。そしてこの頃から私は沈さんと一緒に通州の町を東から西、北から南へと商売のため歩き回ったのです。

日本人の支那人に対する侮蔑的態度

日本人の居留区にもよく行きました。この日本人居留区に行くときは必ず沈さんが一緒について来るのです。そして私が日本人の方と日本語で話すことを絶対に許しませんでした。私は日本語で話すことが大変嬉しいのです。でも沈さんはそれを許しません。それで日本人の居留区で日本人と話すときも支那語で話さなくてはならないのです。支那語で話していると日本の人はやはり私を支那人として扱うのです。このときはとても悲しかったのです。

それと支那人として日本人と話しているうちに特に感じたのは、日本人が支那人に対して優越感を持っているのです。ということは支那人に対して侮蔑感を持っていたということです。相手が支那人だから日本語はわからないだろうということで、日本人同士で話している言葉の中によく「チャンコロ」だとか、「コンゲドウ」とかいう言葉が含まれていましたが、多くの支那人が言葉ではわからなくとも肌でこうした日本人の侮蔑的態度を感じておったのです。

だからやはり日本人に対しての感情がだんだん悪くなって来るのも仕方なかったのではないかと思われます。このことが大変悲しかったのです。私はどんなに日本人から侮蔑されてもよいから、この通州に住んでいる支那人に対してはどうかあんな態度はとってもらいたくないと思ったのです。でも居留区にいる日本人は日本の居留区には強い軍隊がいるから大丈夫だろうという傲りが日本人の中に見受けられるようになりました。

こうした日本人の傲りと支那人の怒りがだんだん昂じて来ると、やがて取り返しのつかないことになるということを沈さんは一番心配していました。

沈さんも大阪にいたのですから、日本人に対して悪い感情はないし、特に私という日本人と結婚したことが沈さんも半分は日本人の心を持っていたのです。それだけにこの通州の支那人の日本人に対しての反日的感情の昂ぶりには誰よりも心を痛めておったのです。一日の仕事が終わって家に帰り食事をしていると、「困った、困った、こんなに日本人と支那人の心が悪くなるといつどんなことが起こるかわからない」と言うのです。

そして支那人の心がだんだん悪くなって来て、日本人の悪口を言うようになると、あれ程日本と日本人の悪口を言っていた朝鮮人があまり日本の悪口を言わないようになってまいりました。いやむしろ支那人の日本人へ対しての怒りがだんだんひどくなって来ると朝鮮人達はもう言うべき悪口がなくなったのでしょう。それと共にあの当時は朝鮮人で日本の軍隊に入隊して日本兵になっているものもあるので、朝鮮人達も考えるようになって来たのかも知れません。

銃剣と青竜刀を持った学生部隊

しかし五月も終わり頃になって来ると、通州での日本に対する反感はもう極点に達したようになってまいりました。

沈さんはこの頃になると私に外出を禁じました。今までは沈さんと一緒なら商売に出ることが出来たのですが、もうそれも出来ないと言うのです。そして「危ない」「危ない」と申すのです。それで私が沈さんに何が危ないのと申すと、日本人が殺されるか、支那人が殺されるかわからない、いつでも逃げることが出来るように準備をしておくようにと申すのです。

六月になると何となく鬱陶しい日々が続いて、家の中にじっとしていると何か不安が一層増して来るようなことで、とても不安です。だからといって逃げ出すわけにもまいりません。

そしてこの頃になると一種異様と思われる服を着た学生達が通州の町に集まって来て、日本撃つべし、支那の国から日本人を追い出せと町中を大きな声で叫びながら行進をするのです。

それが七月になると「日本人皆殺し」「日本人は人間じゃない」「人間でない日本人は殺してしまえ」というような言葉を大声で喚きながら行進をするのです。鉄砲を持っている学生もいましたが、大部分の学生は銃剣と青竜刀を持っていました。

そしてあれは七月の八日の夕刻のことだったと思います。支那人達が大騒ぎをしているのです。何であんなに大騒ぎをしているのかと沈さんに尋ねてみると、北京の近くで日本軍が支那軍から攻撃を受けて大敗をして、みんな逃げ出したので支那人達があんなに大騒ぎをして喜んでいるのだよと申すのです。私はびっくりしました。そしていよいよ来るべきものが来たなあと思いました。でも二、三日すると北京の近くの盧溝橋で戦争があったけれど、日本軍が負けて逃げたが又大軍をもって攻撃をして来たので大戦争になっていると言うのです。

こんなことがあったので七月も半ばを過ぎると学生達と保安隊の兵隊が一緒になって行動をするので、私はいよいよ外に出ることが出来なくなりました。

この頃でした。上海で日本人が沢山殺されたという噂がささやかれて来ました。済南でも日本人が沢山殺されたということも噂が流れて来ました。蒋介石が二〇〇万の大軍をもって日本軍を打ち破り、日本人を皆殺しにして朝鮮を取り、日本の国も占領するというようなことが真実のように伝わって来ました。

この頃になると沈さんはそわそわとして落ち着かず、私にいつでも逃げ出せるようにしておくようにと申すようになりました。私も覚悟はしておりましたので、身の回りのものをひとまとめにしていて、いつどんなことがあっても大丈夫という備えだけはしておきました。

この頃通州にいつもいた日本軍の軍人達は殆どいなくなっていたのです。どこかへ戦争に行っていたのでしょう。

七月二十九日未明　銃撃戦始まる

七月二十九日の朝、まだ辺りが薄暗いときでした。

突然私は沈さんに烈しく起こされました。大変なことが起こったようだ。早く外に出ようと言うので、私は風呂敷二つを持って外に飛び出しました。沈さんは私の手を引いて町の中をあちこちに逃げはじめたのです。

町には一杯人が出ておりました。そして日本軍の兵舎の方から猛烈な銃撃戦の音が聞こえて来ました。でもまだ辺りは薄暗いのです。何がどうなっているのやらさっぱりわかりません。只、日本軍兵舎の方で炎が上がったのがわかりました。

私は沈さんと一緒に逃げながら「きっと日本軍は勝つ。負けてたまるか」という思いが胸一杯に拡がっておりました。でも明るくなる頃になると銃撃戦の音はもう聞こえなくなってしまったのです。私はきっと日本軍が勝ったのだと思っていました。

それが八時を過ぎる頃になると、支那人達が「日本軍が負けた。日本軍は皆殺しだ」と騒いでいる声が聞こえて来ました。突然私の頭の中にカーと血がのぼるような感じがしました。最近はあまり日本軍兵舎には行かなかったけれど、何回も何十回も足を運んだことのある懐かしい日本軍兵舎です。飛んでいって日本の兵隊さんと一緒に戦ってやろう。もう私はどうなってもいいから最後は日本の兵隊さんと一緒に死んでやろうというような気持ちになったのです。

それで沈さんの手を振りほどいて駆け出そうとしたら、沈さんが私の手をしっかり握って離さないでいましたが、沈さんのその手にぐんと力が入りました。そして「駄目だ、駄目だ、行ってはいけない」と私を抱きしめるのです。それでも私が駆け出そうとすると沈さんがいきなり私の頬を烈しくぶったのです。

私は思わずハッとして自分にかえったような気になりました。ハッと自分にかえった私を抱きかかえるようにして家の陰に連れて行きました。そして沈さんは今ここで私が日本人ということがわかったらどうなるかわからないのかと強く叱るのです。それで私も初めてああそうだったと気付いたのです。

私は沈さんと結婚して支那人になっておりますが、やはり心の中には日本人であることが忘れられなかったのです。でもあのとき誰も止める者がなかったら、日本軍兵舎の中に飛び込んで行ったことでしょう。それは日本人の血というか、九州人の血というか、そんなものが私の体の中に流れていたに違いありません。それを沈さんが止めてくれたから私は助かったのです。

日本人居留区から流れる血の匂い

八時を過ぎて九時近くになって銃声はあまり聞こえないようになったので、これで恐ろしい事件は終わったのかとやや安心しているときです。誰かが日本人居留区で面白いことが始まっているぞと叫ぶのです。私の家から居留区までは少し離れていたのでそのときはあまりピーンと実感はなかったのです。

そのうち誰かが日本人居留区では女や子供が殺されているぞというのです。何かぞーっとする気分になりましたが、恐ろしいものは見たいというのが人間の感情です。私は沈さんの手を引いて日本人居留区の方へ走りました。そのとき何故あんな行動に移ったかというと、それははっきり説明は出来ません。只何というか、本能的なものではなかったかと思われます。沈さんの手を引いたというのもあれはやはり夫婦の絆の不思議と申すべきでしょうか。

日本人居留区が近付くと何か一種異様な匂いがして来ました。それは先程銃撃戦があった日本軍兵舎が焼かれているのでその匂いかと思いましたが、それだけではありません。何か生臭い匂いがするのです。血の匂いです。人間の血の匂いがして来るのです。

しかしここまで来るともうその血の匂いが当たり前だと思われるようになっております。沢山の支那人が道路の傍らに立っております。そしてその中にはあの黒い服を着た異様な姿の学生達も交じっています。いやその学生達は保安隊の兵隊と一緒になっているのです。

娘をかばう父親を惨殺

そのうち日本人の家の中から一人の娘さんが引き出されて来ました。十五才か十六才と思われる色の白い娘さんでした。その娘さんを引き出して来たのは学生でした。そして隠れているのを見つけてここに引き出したと申しております。その娘さんは恐怖のために顔が引きつっております。体はぶるぶると震えております。

その娘さんを引き出して来た学生は何か猫が鼠を取ったときのような嬉しそうな顔をしておりました。そしてすぐ近くにいる保安隊の兵隊に何か話しておりました。保安隊の兵隊が首を横に振ると学生はニヤリと笑ってこの娘さんを立ったまま平手打ちで五回か六回か殴りつけました。そしてその着ている服をいきなりバリバリと破ったのです。

支那でも七月と言えば夏です。暑いです。薄い夏服を着ていた娘さんの服はいとも簡単に破られてしまったのです。すると雪のように白い肌があらわになってまいりました。

娘さんが何か一生懸命この学生に言っております。しかし学生はニヤニヤ笑うだけで娘さんの言うことに耳を傾けようとはしません。娘さんは手を合わせてこの学生に何か一生懸命懇願しているのです。学生の側には数名の学生と保安隊の兵隊が集まっていました。そしてその集まった学生達や保安隊の兵隊達は目をギラギラさせながら、この学生が娘さんに加えている仕打ちを見ているのです。

学生はこの娘さんをいきなり道の側に押し倒しました。そして下着を取ってしまいました。娘さんは「助けてー」と叫びました。

とそのときです。一人の日本人の男性がパアッと飛び出して来ました。そしてこの娘さんの上に覆い被さるように身を投げたのです。恐らくこの娘さんのお父さんだったでしょう。

するとと保安隊の兵隊がいきなりこの男の人の頭を銃の台尻で力一杯殴りつけたのです。何かグシャッというような音が聞こえたように思います。頭が割られたのです。でもまだこの男の人は娘さんの身体の上から離れようとしません。保安隊の兵隊が何か言いながらこの男の人を引き離しました。

娘さんの顔にはこのお父さんであろう人の血が一杯流れておりました。この男の人を引き離した保安隊の兵隊は再び銃で頭を殴りつけました。パーッと辺り一面に何かが飛び散りました。恐らくこの男の人の脳漿だったろうと思われます。

そして二、三人の兵隊と二、三人の学生がこの男の人の身体を蹴りつけたり踏みつけたりしていました。服が破けます。肌が出ます。血が流れます。そんなことお構いなしに踏んだり蹴ったりし続けています。

そのうちに保安隊の兵隊の一人が銃に付けた剣で腹の辺りを突き刺しました。血がパーッと飛び散ります。その血はその横に気を失ったように倒されている娘さんの身体の上にも飛び散ったのです。

腹を突き刺しただけではまだ足りないと思ったのでしょうか。今度は胸の辺りを又突き刺します。それだけで終わるかと思っていたら、まだ足りないのでしょう。

又腹を突きます。胸を突きます。何回も何回も突き刺すのです。

沢山の支那人が見ているけれど「ウーン」とも「ワー」とも言いません。この保安隊の兵隊のすることをただ黙って見ているだけです。その残酷さは何に例えていいかわかりませんが、悪鬼野獣と申しますか。暴虐無惨と申しましょうか。あの悪虐を言い表す言葉はないように思われます。

この男の人は多分この娘さんの父親であるだろうが、この屍体を三メートル程離れたところまで丸太棒を転がすように蹴転がした兵隊と学生達は、この気を失っているると思われる娘さんのところにやってまいりました。

女性に加えられた陵辱

この娘さんは既に全裸になされております。そして恐怖のために動くことが出来ないのです。その娘さんのところまで来ると下肢を大きく拡げました。そして陵辱をはじめようとするのです。支那人とは言へ、沢山の人達が見ている前で人間最低のことをしようというのだから、これはもう人間のすることとは言えません。

ところがこの娘さんは今まで一度もそうした経験がなかったからでしょう。どうしても陵辱がうまく行かないのです。

するとと三人程の学生が拡げられるだけこの下肢を拡げるのです。そして保安隊の兵隊が持っている銃を持って来てその銃身の先でこの娘さんの陰部の中に突き込むのです。

こんな姿を見ながらその近くに何名もの支那人がいるのに止めようともしなければ、声を出す人もおりません。ただ学生達のこの惨行を黙って見ているだけです。

私と沈さんは二十メートルも離れたところに立っていたのでそれからの惨行の仔細を見ることは出来なかったのですが、と言うよりとても目を開けて見ておることが出来なかったのです。私は沈さんの手にしっかりとすがっておりました。目をしっかりつぶっておりました。

するとギャーッという悲鳴とも叫びとも言えない声が聞こえました。私は思わずびっくりして目を開きました。

するとどうでしょう。保安隊の兵隊がニタニタ笑いながらこの娘さんの陰部を抉り取っているのです。何ということをするのだろうと私の身体はガタガタと音を立てる程震えました。その私の身体を沈さんがしっかり抱きしめてくれました。

見てはいけない。見まいと思うけれど目がどうしても閉じられないのです。ガタガタ震えながら見ているとその兵隊は今度は腹を縦に裂くのです。それから剣で首を切り落としたのです。その首をさっき捨てた男の人の屍体のところにポイと投げたのです。投げられた首は地面をゴロゴロと転がって男の人の屍体の側で止まったのです。

若しこの男の人がこの娘さんの親であるなら、親と子供があぁした形で一緒になったのかなあと私の頭のどこかで考えていました。そしてそれはそれでよかったのだと思ったのです。しかしあの残虐極まりない状況を見ながら何故あんなことを考えたのか私にはわかりませんでした。そしてこのことはずーっとあとまで私の頭の中に残っていた不思議のことなのです。

日本人だと気取られなかった理由

私は立っていることが出来ない程疲れていました。そして身体は何か不動の金縛りにされたようで動くことが出来ません。この残虐行為をじっと見つめていたのです。

腹を切り裂かれた娘さんのおなかからはまだゆっくり血が流れ出しております。そしてその首はないのです。何とも異様な光景です。想像も出来なかった光景に私の頭は少し狂ってしまったかも知れません。ただこうした光景を自分を忘れてじっと見ているだけなのです。

そうしたとき沈さんが「おい」と抱きしめていた私の身体を揺すりました。私はハッと自分にかえりました。すると何か私の胃が急に痛み出しました。吐き気を催したのです。

道端にしゃがみ込んで吐こうとするけれど何も出てきません。沈さんが私の背を摩ってくれるけれど何も出て来ないのです。でも胃の痛みは治まりません。「うーん」と唸っていると沈さんが「帰ろうか」と言うのです。私は家に早く帰りたいと思いながら首は横に振っていたのです。

怖いもの見たさという言葉がありますが、このときの私の気持ちがこの怖いもの見たさという気持ちだったかも知れません。私が首を横に振るので沈さんは仕方なくでしょう私の身体を抱きながら日本人居留区の方に近付いて行ったのです。

私の頭の中はボーとしているようでしたが、あの残酷な光景は一つ一つ私の頭の中に刻みつけられたのです。私は沈さんに抱きかかえられたままでしたが、このことが異様な姿の学生や保安隊の兵隊達から注目されることのなかった大きな原因ではないかと思われるのです。

若し私が沈さんという人と結婚はしていても日本人だということがわかったら、きっと学生や兵隊達は私を生かしてはいなかった筈なのです。しかし支那人の沈さんに抱きかかえられてよぼよぼと歩く私の姿の中には学生や兵隊達が注目する何ものもなかったのです。だから黙って通してくれたと思います。

「数珠つなぎ」悪魔を超える暴虐

日本人居留区に行くともっともっと残虐な姿を見せつけられました。殆どの日本人は既に殺されているようでしたが、学生や兵隊達はまるで狂った牛のように日本人を探し続けているのです。あちらの方で「日本人がいたぞ」という大声で叫ぶものがいるとそちらの方に学生や兵隊達がワーッと押し寄せて行きます。

私も沈さんに抱きかかえられながらそちらに行ってみると、日本人の男の人達が五、六名兵隊達の前に立たされています。そして一人又一人と日本の男の人が連れられて来ます。十名程になったかと思うと学生と兵隊達が針金を持って来て右の手と左の手を指のところでしっかりくくりつけるのです。そうして今度は銃に付ける剣を取り出すとその男の人の掌をグサッと突き刺して穴を開けようとするのです。

痛いということを通り越しての苦痛に大抵の日本の男の人達が「ギャーッ」と泣き叫ぶのです。とても人間のすることではありません。悪魔でもこんな無惨なことはしないのではないかと思いますが、支那の学生や兵隊はそれを平気でやるのです。いや悪魔以上というのはそんな惨ったらしいことしながら学生や兵隊達はニタニタと笑っているのです。日本人の常識では到底考えられないことですが、日本人の常識は支那人にとっては非常識であり、その惨ったらしいことをすることが支那人の常識だったのかと初めてわかりました。

集められた十名程の日本人の中にはまだ子供と思われる少年もいます。そして六十才を越えたと思われる老人もいるのです。支那では老人は大切にしなさいと言われておりますが、この支那の学生や兵隊達にとっては日本の老人は人間として扱わないのでしょう。

この十名近くの日本の男の人達の手を針金でくくり、掌のところを銃剣で抉りとった学生や兵隊達は今度は大きな針金を持って来てその掌の中に通すのです。十人の日本の男の人が数珠繋ぎにされたのです。

こうしたことをされている間日本の男の人達も泣いたり喚いたりしていましたが、その光景は何とも言い様のない異様なものであり、五十年を過ぎた今でも私の頭の中にこびりついて離れることが出来ません。

そしてそれだけではなかったのです。学生と兵隊達はこの日本の男の人達の下着を全部取ってしまったのです。そして勿論裸足にしております。その中で一人の学生が青竜刀を持っておりましたが、二十才前後と思われる男のところに行くと足を拡げさせました。そしてその男の人の男根を切り取ってしまったのです。

この男の人は「助けてー」と叫んでいましたが、そんなことはお構いなしにグサリと男根を切り取ったとき、この男の人は「ギャッ」と叫んでいましたがそのまま気を失ったのでしょう。でも倒れることは出来ません。外の日本の男の人と数珠繋ぎになっているので倒れることが出来ないのです。学生や兵隊達はそんな姿を見て「フッフッ」と笑っているのです。

私は思わず沈さんにしがみつきました。沈さんも何か興奮しているらしく、さっきよりももっとしっかり私の身体を抱いてくれました。そして私の耳元でそっと囁くのです。「黙って、ものを言ったらいかん」と言うのです。勿論私はものなど言える筈もありませんから頷くだけだったのです。

そして私と沈さんの周囲には何人もの支那人達がいました。そしてこうした光景を見ているのですが、誰も何も言いません。氷のような表情というのはあんな表情でしょうか。兵隊や学生達がニタニタと笑っているのにこれを見守っている一般の支那人は全く無表情で只黙って見ているだけなのです。しかしようもまあこんなに沢山支那人が集まったものだなあと思いました。そして沢山集まった支那人達は学生や兵隊のやることを止めようともしなければ兵隊達のようにニタニタするでもなし、只黙って見ているだけです。勿論これはいろんなことを言えば同じ支那人ではあっても自分達が何をされるかわからないという恐れもあってのことでしょうが、全くこうした学生や兵隊のすることを氷のように冷ややかに眺めているのです。これも又異様のこととしか言いようがありません。

こんな沢山集まっている支那人達が少しづつ移動しているのです。この沢山の人の中には男もいます。女もいます。私もその支那人達の女の一人として沈さんと一緒に人の流れに従って日本人居留区の方へ近付いたのです。

旭軒で起こった陵辱と惨殺

日本人居留区に近付いてみるといよいよ異様な空気が感ぜられます。旭軒という食堂と遊郭を一緒にやっている店の近くまで行ったときです。日本の女の人が二人保安隊の兵隊に連れられて出て来ました。二人とも真っ青な顔色でした。一人の女の人は前がはだけておりました。この女の人が何をされたのか私もそうした商売をしておったのでよくわかるのです。しかも相当に乱暴に扱われたということは前がはだけている姿でよくわかったのです。可哀想になあとは思ってもどうすることも出来ません。どうしてやることも出来ないのです。言葉すらかけてやることが出来ないのです。

二人の女の人のうちの一人は相当頑強に抵抗したのでしょう。頬っぺたがひどく腫れあがっているのです。いやその一部からは出血さえしております。髪はバラバラに乱れているのです。とてもまともには見られないような可哀想な姿です。

その二人の女の人を引っ張って来た保安隊の兵隊は頬っぺたの腫れあがっている

女の人をそこに立たせたかと思うと着ているものを銃剣で前の方をパッと切り開いたのです。

女の人は本能的に手で前を押さえようとするといきなりその手を銃剣で斬りつけました。左の手が肘のところからばっさり切り落とされたのです。しかしこの女の人はワーンともギャーッとも言わなかったのです。只かすかにウーンと唸ったように聞こえました。そしてそこにバッタリ倒れたのです。

すると保安隊の兵隊がこの女の人を引きずるようにして立たせました。そして銃剣で胸のあたりを力一杯突き刺したのです。この女の人はその場に崩れ落ちるように倒れました。すると倒れた女の人の腹を又銃剣で突き刺すのです。

私は思わず「やめてー」と叫びそうになりました。その私を沈さんがしっかり抱きとめて「駄目、駄目」と耳元で申すのです。私は怒りと怖さで体中が張り裂けんばかりでした。

そのうちにこの女の人を五回か六回か突き刺した兵隊がもう一人の女の人を見てニヤリと笑いました。そしていきなりみんなが見ている前でこの女の人の着ているものを剥ぎ取ってしまったのです。そしてその場に押し倒したかと思うとみんなの見ている前で陵辱をはじめたのです。

人間の行為というものはもっと神聖でなくてはならないと私は思っています。それが女の人を保安隊の兵隊が犯している姿を見ると、何といやらしい、そして何と汚らわしいものかと思わずにはおられませんでした。

一人の兵隊が終わるともう一人の兵隊がこの女の人を犯すのです。そして三人程の兵隊が終わると次に学生が襲いかかるのです。何人もの何人もの男達が野獣以上に汚らわしい行為を続けているのです。

私は沈さんに抱きかかえられながらその姿を遠い夢の中の出来事のような思いで見続けておりました。それが支那の悪獣どもが充分満足したのでしょう。何人か寄っていろいろ話しているようでしたが、しばらくすると一人の兵隊が銃をかまえてこの女の人を撃とうとしたのです。

さすがに見ていた多くの支那人達がウォーという唸るような声を出しました。この多くの支那人の唸りに恐れたのか兵隊二人と学生一人でこの女の人を引きずるように旭軒の中に連れ去りました。

そしてしばらくするとギャーという女の悲鳴が聞こえて来たのです。恐らくは連れて行った兵隊と学生で用済みになったこの日本の女の人を殺したものと思われます。しかしこれを見ていた支那人達はどうすることも出来ないのです。私も沈さんもどうすることも出来ないのです。

もうこんなところにはいたくない。家に帰ろうと思ったけれど沈さんが私の身体をしっかり抱いて離さないので、私は沈さんに引きずられるように日本人居留区に入ったのです。

最期に念仏を唱えた老婆

そこはもう何というか言葉では言い表されないような地獄絵図でした。沢山の日本人が殺されています。いやまだ殺され続けているのです。あちこちから悲鳴に似たような声が聞こえたかと思うと、そのあとに必ずギャーッという声が聞こえて来ます。

そんなことが何回も何十回も繰り返されているのでしょう。私は聞くまいと思うけど聞こえて来るのです。耳を覆ってみても聞こえるのです。又私が耳を覆っているると沈さんがそんなことをしたらいけないというようにその覆った手を押さえるのです。

旭軒と近水楼の間にある松山楼の近くまで来たときです。

一人のお婆さんがよろけるように逃げて来ております。するとこのお婆さんを追っかけてきた学生の一人が青竜刀を振りかざしたかと思うといきなりこのお婆さんに斬りかかって来たのです。

お婆さんは懸命に逃げようとしていたので頭に斬りつけることが出来ず、左の腕が肩近くのところからポロリと切り落とされました。お婆さんは仰向けに倒れました。学生はこのお婆さんの腹と胸とを一刺しづつ突いてそこを立ち去りました。

誰も見ていません。私と沈さんとこのお婆さんだけだったので、私がこのお婆さんのところに行って額にそっと手を当てるとお婆さんがそっと目を開きました。そして、「くやしい」と申すのです。「かたきをとって」とも言うのです。

私は何も言葉は出さずにお婆さんの額に手を当ててやっておりました。「いちぞう、いちぞう」と人の名を呼びます。きっと息子さんかお孫さんに違いありません。私は何もしてやれないので只黙って額に手を当ててやっているばかりでした。

するとこのお婆さんが「なんまんだぶ」と一声お念仏を称えたのです。そして息が止まったのです。
私が西本願寺の別府の別院におまいりするようになったのはやはりあのお婆さんの最期の一声である「なんまんだぶ」の言葉が私の耳にこびりついて離れなかったからでしょう。

妊婦を引き出す

そうしてお婆さんの額に手を当てていると、すぐ近くで何かワイワイ騒いでいる声が聞こえて来ます。沈さんが私の身体を抱きかかえるようにしてそちらの方に行きました。

すると支那人も沢山集まっているようですが、保安隊の兵隊と学生も全部で十名ぐらい集まっているのです。そこに保安隊でない国民政府軍の兵隊も何名かいました。それがみんなで集まっているのは女の人を一人連れ出して来ているのです。

何とその女の人はお腹が大きいのです。七ヶ月か八ヶ月と思われる大きなお腹をしているのです。

学生と保安隊の兵隊、それに国民政府軍の正規の兵隊達が何かガヤガヤと言っていましたが、家の入り口のすぐ側のところに女の人を連れて行きました。この女の人は何もしゃべれないのです。

恐らく恐怖のために口がきけなくなっていることだろうと思うのですが、その恐怖のために恐れおののいている女の人を見ると、女の私ですら綺麗だなあと思いました。

ところが一人の学生がこの女の人の着ているものを剥ぎ取ろうとしたら、この女の人が頑強に抵抗するのです。歯をしっかり食いしばっていやいやを続けているのです。学生が二つか三つかこの女の人の頬を殴りつけたのですが、この女の人は頑強に抵抗を続けていました。そしてときどき「ヒーッ」と泣き声を出すのです。

兵隊と学生達は又集まって話し合いをしております。妊娠をしている女の人にあんまり乱暴なことはするなという気運が、ここに集まっている支那人達の間にも拡がっておりました。

抵抗した日本人男性の立派な最期

とそのときです。

一人の日本人の男の人が木剣を持ってこの場に飛び込んで来ました。そして「俺の家内と子供に何をするのだ。やめろ」と大声で叫んだのです。

これで事態が一変しました。若しこの日本の男の人が飛び込んで来なかったら、或いはこの妊婦の命は助かったかも知れませんが、この男の人の出現ですっかり険悪な空気になりました。

学生の一人が何も言わずにこの日本の男の人に青竜刀で斬りつけました。するとこの日本の男の人はひらりとその青竜刀をかわしたのです。そして持っていた木刀でこの学生の肩を烈しく打ちました。学生は「ウーン」と言ってその場に倒れました。するとと今度はそこにいた支那国民政府軍の兵隊と保安隊の兵隊が、鉄砲の先に剣を付けてこの日本の男の人に突きかかって来ました。私は見ながら日本人頑張れ、日本人頑張れと心の中に叫んでいました。しかしそんなことは口には絶対に言えないのです。

七名も八名もの支那の兵隊達がこの男の人にジリジリと詰め寄って来ましたが、この日本の男の人は少しも怯みません。ピシリと木刀を正眼に構えて一歩も動こうとしないのです。私は立派だなあ、さすがに日本人だなあと思わずにはおられなかったのです。

ところが後ろに回っていた国民政府軍の兵隊が、この日本の男の人の背に向かって銃剣でサッと突いてかかりました。

するとどうでしょう。この日本の男の人はこれもひらりとかわしてこの兵隊の肩口を木刀で烈しく打ったのです。この兵隊も銃を落としてうずくまりました。

でもこの日本の男の人の働きもここまででした。この国民政府軍の兵隊を烈しく日本の男の人が打ち据えたとき、横におった保安隊の兵隊がこの日本の男の人の腰のところに銃剣でグサリと突き刺したのです。日本の男の人が倒れると、残っていた兵隊や学生達が集まりまして、この男の人を殴る蹴るの大乱暴を始めたのです。

日本の男の人はウーンと一度唸ったきりあとは声がありません。これは声が出なかったのではなく出せなかったのでしょう。日本の男の人はぐったりなって横たわりました。それでも支那の兵隊や学生達は乱暴を続けております。そしてあの見るも痛ましい残虐行為が始まったのです。

頭皮を剥ぎ、目玉を抉取り、腸を切り刻む

それはこの男の人の頭の皮を学生が青竜刀で剥いでしまったのです。私はあんな残酷な光景は見たことはありません。これはもう人間の行為ではありません。悪魔の行為です。悪魔でもこんなにまで無惨なことはしないと思うのです。

頭の皮を剥いでしまったら、今度は目玉を抉り取るのです。このときまではまだ日本の男の人は生きていたようですが、この目玉を抉り取られるとき微かに手と足が動いたように見えました。

目玉を抉り取ると、今度は男の人の服を全部剥ぎ取りお腹が上になるように倒しました。そして又学生が青竜刀でこの日本の男の人のお腹を切り裂いたのです。縦と横とにお腹を切り裂くと、そのお腹の中から腸を引き出したのです。ずるずると腸が出てまいりますと、その腸をどんどん引っ張るのです。

人間の腸があんなに長いものとは知りませんでした。十メートル近くあったかと思いますが、学生が何か喚いておりましたが、もう私の耳には入りません。私は沈さんにすがりついたままです。何か別の世界に引きずり込まれたような感じでした。地獄があるとするならこんなところが地獄だろうなあとしきりに頭のどこかで考えていました。

そうしているうちに何かワーッという声が聞こえました。ハッと目をあげてみると、青竜刀を持った学生がその日本の男の人の腸を切ったのです。そしてそれだけではありません。別の学生に引っ張らせた腸をいくつにもいくつにも切るのです。一尺づつぐらい切り刻んだ学生は細切れの腸を、さっきからじっと見ていた妊婦のところに投げたのです。このお腹に赤ちゃんがいるであろう妊婦は、その自分の主人の腸の一切れが頬にあたると「ヒーッ」と言って気を失ったのです。

その姿を見て兵隊や学生達は手を叩いて喜んでいます。残った腸の細切れを見物していた支那人の方へ二つか三つ投げて来ました。そしてこれはおいしいぞ、日本人の腸だ、焼いて食べろと申しているのです。

しかし見ていた支那人の中でこの細切れの腸を拾おうとするものは一人もおりませんでした。この兵隊や学生達はもう人間ではないのです。野獣か悪魔か狂竜でしかないのです。そんな人間でない連中のやることに、流石に支那人達は同調することは出来ませんでした。まだ見物している支那人達は人間を忘れてはいなかったのです。

妊婦と胎児への天人許さざる所業

そして細切れの腸をあちこちらに投げ散らした兵隊や学生達は、今度は気を失って倒れている妊婦の方に集まって行きました。

この妊婦の方はすでにお産が始まっていたようであります。出血も始まったのでしょう。兵隊達も学生達もこんな状況に出会ったのは初めてであったでしょうが、さっきの興奮がまだ静まっていない兵隊や学生達はこの妊婦の側に集まって、何やらガヤガヤワイワイと申しておったようですが、どうやらこの妊婦の人の下着を取ってしまったようです。そしてまさに生まれようと準備をしている赤ん坊を引き出そうとしているらしいのです。学生や兵隊達が集まってガヤガヤ騒いでいるのではっきりした状況はわかりませんが、赤ん坊を引き出すのに何か針金のようなものを探しているようです。

とそのときこの妊婦の人が気がついたのでしょう。フラフラと立ち上がりました。そして一生懸命逃げようとしたのです。見ていた支那人達も早く逃げなさいという思いは持っているけれど、それを口に出すものはなく、又助ける人もありません。

さっきのこの妊婦の主人のように殺されてしまうことが怖いからです。

このフラフラと立ち上がった妊婦を見た学生の一人がこの妊婦を突き飛ばしました。妊婦はバッタリ倒れたのです。

すると兵隊が駆け寄って来て、この妊婦の人を仰向けにしました。するともうさっき下着は取られているので女性としては一番恥ずかしい姿なんです。しかも妊娠七ヶ月か八ヶ月と思われるそのお腹は相当に大きいのです。

国民政府軍の兵隊と見える兵隊がつかつかとこの妊婦の側に寄って来ました。私は何をするのだろうかと思いました。そして一生懸命、同じ人間なんだからこれ以上の悪いことはしてくれないようにと心の中で祈り続けました。

だが支那の兵隊にはそんな人間としての心の欠片もなかったのです。剣を抜いたかと思うと、この妊婦のお腹をさっと切ったのです。

赤い血がパーッと飛び散りました。私は私の目の中にこの血が飛び込んで来たように思って、思わず目を閉じました。それ程この血潮の飛び散りは凄かったのです。

実際は数十メートルも離れておったから、血が飛んで来て目に入るということはあり得ないのですが、あのお腹を切り裂いたときの血潮の飛び散りはもの凄いものでした。

妊婦の人がギャーという最期の一声もこれ以上ない悲惨な叫び声でしたが、あんなことがよく出来るなあと思わずにはおられません。

お腹を切った兵隊は手をお腹の中に突き込んでおりましたが、赤ん坊を探しあてることが出来なかったからでしょうか、もう一度今度は陰部の方から切り上げていきます。そしてとうとう赤ん坊を掴み出しました。その兵隊はニヤリと笑っているのです。

片手で赤ん坊を掴み出した兵隊が、保安隊の兵隊と学生達のいる方へその赤ん坊をまるでボールを投げるように投げたのです。ところが保安隊の兵隊も学生達もその赤ん坊を受け取るものがおりません。赤ん坊は大地に叩きつけられることになったのです。何かグシャという音が聞こえたように思いますが、叩きつけられた赤ん坊のあたりにいた兵隊や学生達が何かガヤガヤワイワイと申していましたが、どうもこの赤ん坊は兵隊や学生達が靴で踏み潰してしまったようであります。

あまりの無惨さに集まっていた支那人達も呆れるようにこの光景を見守っておりましたが、兵隊と学生が立ち去ると、一人の支那人が新聞紙を持って来て、その新聞紙でこの妊婦の顔と抉り取られたお腹の上をそっと覆ってくれましたことは、たった一つの救いであったように思われます。

夫は支那人、私は日本人

こうした大変な出来事に出会い、私は立っておることも出来ない程に疲れてしまったので、家に帰りたいということを沈さんに申しましたら、沈さんもそれがいいだろうと言って二人で家の方に帰ろうとしたときです。

「日本人が処刑されるぞー」と誰かが叫びました。この上に尚、日本人を処刑しなくてはならないのかなあと思いました。しかしそれは支那の学生や兵隊のやることだからしょうがないなあと思ったのですが、そんなものは見たくなかったのです。私は兎に角家に帰りたかったのです。でも沈さんが行ってみようと言って私の体を日本人が処刑される場所へと連れて行ったのです。

このときになって私はハッと気付いたことがあったのです。それは沈さんが支那人であったということです。そして私は結婚式までして沈さんのお嫁さんになったのだから、そののちは支那人の嫁さんだから私も支那人だと思い込んでいたのです。

そして商売をしているときも、一緒に生活をしているときも、この気持ちでずーっと押し通して来たので、私も支那人だと思うようになっていました。そして早く本当の支那人になりきらなくてはならないと思って今日まで来たのです。そしてこの一、二年の間は支那語も充分話せるようになって、誰が見ても私は支那人だったのです。実際沈さんの新しい友人はみんな私を支那人としか見ていないのです。それで支那のいろいろのことも話してくれるようになっておりました。

それが今目の前で日本人が惨ったらしい殺され方を支那人によって行われている姿を見ると、私には堪えられないものが沸き起こって来たのです。それは日本人の血と申しましょうか、日本人の感情と申しましょうか、そんなものが私を動かし始めたのです。

それでもうこれ以上日本人の悲惨な姿は見たくないと思って家に帰ろうとしたのですが、沈さんはやはり支那人です。私の心は通じておりません。そんな惨いことを日本人に与えるなら私はもう見たくないと沈さんに言いたかったのですが、沈さんはやはり支那人ですから私程に日本人の殺されることに深い悲痛の心は持っていなかったとしか思われません。家に帰ろうと言っている私を日本人が処刑される広場に連れて行きました。それは日本人居留区になっているところの東側にあたる空き地だったのです。

処刑された人々は「大日本帝国万歳」と叫んだ

そこには兵隊や学生でない支那人が既に何十名か集まっていました。そして恐らく五十名以上と思われる日本人でしたが一ヶ所に集められております。ここには国民政府軍の兵隊が沢山おりました。保安隊の兵隊や学生達は後ろに下がっておりました。

集められた日本人の人達は殆ど身体には何もつけておりません。恐らく国民政府軍か保安隊の兵隊、又は学生達によって掠奪されてしまったものだと思われます。何も身につけていない人達はこうした掠奪の被害者ということでありましょう。

そのうち国民政府軍の兵隊が何か大きな声で喚いておりました。すると国民政府軍の兵隊も学生もドーッと後ろの方へ下がってまいりました。するとそこには二挺の機関銃が備えつけられております。

私には初めて国民政府軍の意図するところがわかったのです。五十数名の日本の人達もこの機関銃を見たときすべての事情がわかったのでしょう。みんなの人の顔が恐怖に引きつっていました。

そして誰も何も言えないうちに機関銃の前に国民政府軍の兵隊が座ったのです。引き金に手をかけたらそれが最期です。何とも言うことの出来ない戦慄がこの広場を包んだのです。

そのときです。日本人の中から誰かが「大日本帝国万歳」と叫んだのです。するとこれに同調するように殆どの日本人が「大日本帝国万歳」を叫びました。その叫び声が終わらぬうちに機関銃が火を噴いたのです。

バタバタと日本の人が倒れて行きます。機関銃の弾丸が当たると一瞬顔をしかめるような表情をしますが、しばらくは立っているのです。そしてしばらくしてバッタリと倒れるのです。このしばらくというと長い時間のようですが、ほんとは二秒か三秒の間だと思われます。しかし見ている方からすれば、その弾丸が当たって倒れるまでにすごく長い時間がかかったように見受けられるのです。

そして修羅の巷というのがこんな姿であろうかと思わしめられました。兎に角何と言い現してよいのか、私にはその言葉はありませんでした。只呆然と眺めているうちに機関銃の音が止みました。

五十数名の日本人は皆倒れているのです。その中からは呻き声がかすかに聞こえるけれど、殆ど死んでしまったものと思われました。

ところがです。その死人の山の中に保安隊の兵隊が入って行くのです。何をするのだろうかと見ていると、機関銃の弾丸で死にきっていない人達を一人一人銃剣で刺し殺しているのです。保安隊の兵隊達は、日本人の屍体を足で蹴りあげては生死を確かめ、一寸でも体を動かすものがおれば銃剣で突き刺すのです。こんなひどいことがあってよいだろうかと思うけれどどうすることも出来ません。全部の日本人が死んでしまったということを確かめると、国民政府軍の兵隊も、保安隊の兵隊も、そして学生達も引き上げて行きました。

するとどうでしょう。見物しておった支那人達がバラバラと屍体のところに走り寄って行くのです。何をするのだろうと思って見ていると、屍体を一人一人確かめながらまだ身に付いているものの中からいろいろのものを掠奪を始めたのです。

これは一体どういうことでしょう。私には全然わかりません。只怖いというより、こんなところには一分も一秒もいたくないと思ったので、沈さんの手を引くようにしてその場を離れました。もう私の頭の中は何もわからないようになってしまっておったのです。

私はもう町の中には入りたくないと思って、沈さんの手を引いて町の東側から北側へ抜けようと思って歩き始めたのです。私の家に帰るのに城内の道があったので、城内の道を通った方が近いので北門から入り近水楼の近くまで来たときです。

近水楼の池を真っ赤に染める

その近水楼の近くに池がありました。その池のところに日本人が四、五十人立たされておりました。

あっ、またこんなところに来てしまったと思って引き返そうとしましたが、何人もの支那人がいるのでそれは出来ません。若し私があんなもの見たくないといって引き返したら、外の支那人達はおかしく思うに違いありません。国民政府軍が日本人は悪人だから殺せと言っているし、共産軍の人達も日本人殺せと言っているので、通州に住む殆どの支那人が日本は悪い、日本人は鬼だと思っているに違いない。そんなとき私が日本人の殺されるのは見ていられないといってあの場を立ち去るなら、きっと通州に住んでいる支那人達からあの人はおかしいではないかと思われる。沈さんまでが変な目で見られるようになると困るのです。それでこの池のところで又ジーッと、これから始まるであろう日本人虐殺のシーンを見ておかなくてはならないことになってしまったのです。

そこには四十人か五十人かと思われる日本人が集められております。殆どが男の人ですが、中には五十を越したと思われる女の人も何人かおりました。そしてそうした中についさっき見た手を針金で括られ、掌に穴を開けられて大きな針金を通された十人程の日本人の人達が連れられて来ました。国民政府軍の兵隊と保安隊の兵隊、それに学生が来ておりました。

そして一番最初に連れ出された五十才くらいの日本人を学生が青竜刀で首のあたりを狙って斬りつけたのです。ところが首に当たらず肩のあたりに青竜刀が当たりますと、その青竜刀を引ったくるようにした国民政府軍の将校と見られる男が、肩を斬られて倒れておる日本の男の人を兵隊二人で抱き起こしました。そして首を前の方に突き出させたのです。そこにこの国民政府軍の将校と思われる兵隊が青竜刀を振り下ろしたのです。

この日本の男の人の首はコロリと前に落ちました。これを見て国民政府軍の将校はニヤリと笑ったのです。この落ちた日本の男の人の首を保安隊の兵隊がまるでボールを蹴るように蹴飛ばしますと、すぐそばの池の中に落ち込んだのです。

この国民政府軍の将校の人は次の日本の男の人を引き出させると、今度は青竜刀で真正面から力一杯この日本の男の人の額に斬りつけたのです。するとこの日本の男の人の額がパックリ割られて脳漿が飛び散りました。二人の日本の男の人を殺したこの国民政府軍の将校は手をあげて合図をして自分はさっさと引き上げたのです。

合図を受けた政府軍の兵隊や保安隊の兵隊、学生達がワーッと日本人に襲いかかりました。四十人か五十人かの日本人が次々に殺されて行きます。そしてその死体は全部そこにある池の中に投げ込むのです。四十人か五十人の日本の人を殺して池に投げ込むのに十分とはかかりませんでした。

池の水は見る間に赤い色に変わってしまいました。全部の日本人が投げ込まれたときは池の水の色は真っ赤になっていたのです。

支那人への嫌悪感から離婚、帰国

私はもうたまりません。沈さんの手を引いて逃げるようにその場を立ち去ろうとしました。そして見たくはなかったけど池を見ました。真っ赤な池です。その池に蓮の花が一輪咲いていました。その蓮の花を見たとき、何かあの沢山の日本の人達が蓮の花咲くみほとけの国に行って下さっているような気持ちになさしめられました。

沈さんと一緒に家に帰ると私は何も言うことが出来ません。沈さんは一生懸命私を慰めてくれました。しかし沈さんが私を慰めれば慰めるだけ、この人も支那人だなあという気持ちが私の心の中に拡がって来ました。

昼過ぎでした。

日本の飛行機が一機飛んで来ました。日本軍が来たと誰かが叫びました。ドタドタと軍靴の音が聞こえて来ました。それは日本軍が来たというので、国民政府軍の兵隊や保安隊の兵隊、そしてあの学生達が逃げ出したのです。

悪魔も鬼も悪獣も及ばぬような残虐無惨なことをした兵隊や学生達も、日本軍が来たという誰かの知らせでまるで脱兎のように逃げ出して行くのです。その逃げ出して行く兵隊達の足音を聞きながら、私はザマアミヤガレという気持ちではなく、何故もっと早く日本軍が来てくれなかったのかと、かえって腹が立って来ました。

実際に日本軍が来たのは翌日でした。でも日本軍が来たというだけで逃げ出す支那兵。とても戦争したら太刀打ち出来ない支那兵であるのに、どうしてこんなに野盗のように日本軍の目を掠めるように、このような残虐なことをしたのでしょうか。

このとき支那人に殺された日本人は三百数十名、四百名近く(注)であったとのことです。(注)正しくは、二百数十名。

私は今回の事件を通して支那人がいよいよ嫌いになりました。私は支那人の嫁になっているけど支那人が嫌いになりました。

こんなことからとうとう沈さんとも別れることとなり、昭和十五年に日本に帰って来ました。

でも私の脳裏にはあの昭和十二年七月二十九日のことは忘れられません。今でも昨日のことのように一つ一つの情景が手に取るように思い出されます。そして往生要集に説いてある地獄は本当にあるのだなあとしみじみ思うのです。

あとがき

本書の内容の中心は、故調寛雅氏の著作を復刻したものであり、本来調氏の著作として世に出すべきものであるが、諸般の事情で私の編著として出版することになった。

故調寛雅氏のプロフィールをここで紹介させていただく。

故**調　寛雅**（しらべ　かんが）

大正九（一九二〇）年十月七日生まれ。佐賀県基山町の浄土真宗本願寺派洗心山因通寺第十六世住職。龍谷大学在学中に学徒出陣で応召。復員後は父（龍叡）の元で「戦争罹災児救護教養所洗心寮」の開設、運営にあたり、昭和二十四年五月には、昭和天皇を迎える。

平成元年、アジア難民慰問の際、タイの老僧から「この地で斃れた日本兵に手を合わせる者は一人もおらん」と苦言を呈され、タイ・ビルマ方面戦病歿者追悼委員会を設立し、遺骨収集や現地の教育支援に取り組む。その事業は慧燈（えとう）財団に引き継がれている。平成九年、著書『天皇さまが泣いてござった』を出版。平成十九（二〇〇七）年一月三十日示寂。

本書の編集の基本方針は、以下のとおりとした。

調寛雅著『天皇さまが泣いてござった』（一九九七年、教育社刊、全三四二ページ）を底本とし、その中で通州事件を取り上げた一〇五ページから一五七ページまでの文章を、本書の、二、三として載録した。
二、は調氏が通州事件について語った解説であるので、改行を含めて、本文には一切手を入れなかった。ただし、読者の読みやすさを考慮して適宜小見出しを付けた。
三は、佐々木テンさんの証言部分である。ここでは、読者の読みやすさを考慮して小見出しを附けたほか、段落変えを細かく施した。その際、もともとあった段落変えはすべて生かした。本文の組文字は、二、よりもやや大きくした。

明らかな誤字、脱字は断らずに訂正した場合がある。ただし、そのケースは非常に少なく十指に及ばない。

最後に、因通寺初め本書出版にあたってお世話になったすべての方々に深く感謝の意を表する。

二〇一六年七月
編著者　藤岡信勝

藤岡 信勝 ふじおか のぶかつ

拓殖大学客員教授・新しい歴史教科書をつくる会副会長・通州事件アーカイブズ設立基金（2016年5月創立）代表・慰安婦の真実国民運動幹事。1943（昭和18）年　北海道岩見沢市生まれ。1971年　北海道大学大学院教育学研究科博士課程単位取得退学。名寄女子短期大学、北海道教育大学、東京大学教育学部、拓殖大学日本文化研究所に奉職。2014年より現職。

著書は、『近現代史教育の改革』（1996年、明治図書）、『自虐史観の病理』（1997年、文藝春秋）、『教科書採択の真相』（2005年、PHP新書）、『国難の日本史』（2015年、ビジネス社）など。近刊の編著書に『国連が世界に広めた「慰安婦＝性奴隷」の嘘』（2016年、自由社）がある。

通州事件　目撃者の証言

2016年 7 月29日　初版発行
2016年10月 7 日　第3刷

編 著 者　藤岡 信勝
発 行 者　加瀬 英明
発 行 所　株式会社 自由社
〒112-0005 東京都文京区水道2−6−3
TEL 03-5981-9170　FAX 03-5981-9171
印刷製本　シナノ印刷株式会社

ISBN 978-4-915237-93-5 C0021

URL http://www.jiyuusha.jp/
Email jiyuuhennsyuu@goo.jp